U0497091

我爱的中国

献礼新中国成立70周年诗歌精选

名誉顾问 **贺敬之**

闻一多等 著

北方联合出版传媒（集团）股份有限公司
春风文艺出版社
·沈阳·

图书在版编目（CIP）数据

我爱的中国：献礼新中国成立70周年诗歌精选 / 闻一多等著 . — 沈阳：春风文艺出版社，2019.5（2020.7重印）
ISBN 978-7-5313-5597-7

Ⅰ . ①我… Ⅱ . ①闻… Ⅲ . ①诗集—中国—现代②诗集—中国—当代 Ⅳ . ① I226

中国版本图书馆 CIP 数据核字（2019）第 069644 号

北方联合出版传媒（集团）股份有限公司
春风文艺出版社出版发行
http://www.chunfengwenyi.com
沈阳市和平区十一纬路 25 号 邮编：110003
永清县晔盛亚胶印有限公司印刷

责任编辑：韩　喆	责任校对：于文慧
装帧设计：鼎籍文化　杨光玉	幅面尺寸：160mm×230mm
字　　数：202 千字	印　　张：21
版　　次：2019 年 5 月第 1 版	印　　次：2020 年 7 月第 3 次
书　　号：ISBN 978-7-5313-5597-7	定　　价：49.00 元

版权专有　侵权必究　举报电话：024-23284393
如有质量问题，请拨打电话：024-23284384
本书所涉部分文字作品著作权由中国文字著作权协会代理
电话：010-65978917，传真：010-65978926
E-mail:wenzhuxie@126.com

《在码头上》罗清桢　　《怒潮组画——抗粮》李桦

《怒吼吧中国》李桦

《从铁蹄下站起来》李桦

《怒潮组画——起来》李桦

《东北抗日义勇军》江丰

《全国抗战》林夫

《鲁迅》江丰

《乘胜追击》罗清桢

《逆水行舟》罗清桢

《开天辟地》杨可扬

《在祖国的旗帜下》万湜思

《胜利会师》江丰

《火炬的传递》罗清桢

《人民战争》陈烟桥

《周总理像》力群

《春夜》力群

《补网》李桦

《迎接好日子》杨可扬

《选举图》力群

《丰衣足食图》力群

《北京雪景》力群

《春到山区》力群

《早春暮归》 力群

《阿诗玛插图——吹口弦》 黄永玉

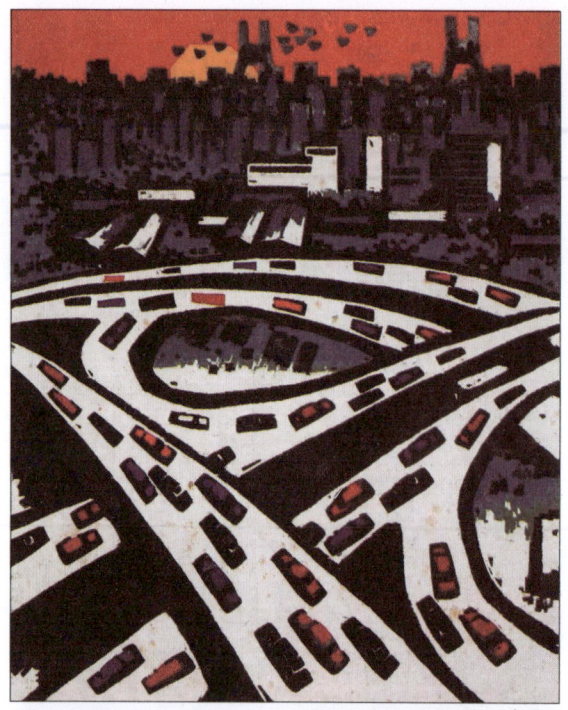

《上海早晨》杨可扬

《浦东之春》杨可扬

目 录
我爱的中国

叶　挺　　囚　歌 / 001

郑振铎　　我是少年 / 002

瞿秋白　　赤　潮　曲 / 004

闻一多　　一　句　话 / 005
　　　　　　七子之歌（组诗）/ 006
　　　　　　祈　祷 / 010

穆木天　　月夜渡湘江 / 012

《怒潮组画——起来》
李桦

蒋光慈　　中国劳动歌 / 015

胡　风　　时间开始了（节选）/ 017
　　　　　　为祖国而歌 / 024

冯　至　　我的感谢 / 027

　　　　　　我和祖国 / 029

臧克家　　有的人——纪念鲁迅逝世十三周年有感 / 031
　　　　　　毛泽东，你是一颗大星（节选）/ 033
　　　　　　从　军　行 / 037

戴望舒　　等　待（二）/ 039
　　　　　　我用残损的手掌 / 041

李广田　　地　之　子 / 043

艾　青　　雪落在中国的土地上 / 045
　　　　　　北　方 / 050
　　　　　　我爱这土地 / 056

公　木　　再见吧，延安 / 057

卞之琳　　给随便哪一位神枪手 / 062

《全国抗战》
林夫

何其芳　　回　答 / 063
　　　　　　听　歌 / 068

辛　笛　　祖国，我是永远属于你的 / 070

光未然　　黄　河　颂 / 073

严　辰　　英雄与孩子 / 075

阮章竞　　风　沙 / 078

田　间　　假使我们不去打仗 / 080

邹荻帆　　走向北方 / 081

穆　旦　　赞　美 / 084

蔡其矫　　红　豆 / 087

郭小川　　刻在北大荒的土地上 / 088
　　　　　望　星　空 / 092
　　　　　祝酒歌（节选）——林区三唱之一 / 104

陈　辉　　为祖国而歌 / 113
　　　　　献诗——为伊甸园而歌 / 119

《囚徒》
江丰

绿　原　　诗　人 / 122
　　　　　中国的风筝 / 123

曾　卓	悬崖边的树 / 125	
魏钢焰	你，浪花里最清的一滴 / 126	
牛　汉	远去的帆影 / 129	
闻　捷	流向晨曦、朝霞和太阳 / 132	
罗广斌	我们也有一面五星红旗 / 136	
贺敬之	回 延 安 / 137	
	三门峡——梳妆台 / 142	
	中国的十月 / 145	
丁　芒	火　星 / 147	
	忠　贞 / 151	
梁　南	我追随在祖国之后 / 155	
	我是共产党员，我没有忘记 / 157	
李　瑛	我的中国（节选）/ 160	
	向 东 方 / 164	
张志民	祖国颂（节选）/ 167	
公　刘	五月一日的夜晚 / 178	
	致黄浦江 / 179	

田　地　　我爱我的祖国 / 180

韩　笑　　教我如何不爱她 / 188
　　　　　南　昌 / 189

柯　岩　　周总理，你在哪里 / 191

严　阵　　英雄碑颂 / 194

王辽生　　探　求 / 198

白　桦　　轻！重！/ 201

铁依甫江·艾力耶甫　王一之 译　祖国——我生命的土壤 / 202

未　央　　祖国，我回来了 / 207

黎焕颐　　读史，望黄河长江 / 211

《人民战争》
陈烟桥

柯　原　　中华，中华 / 214

流沙河　　理　想 / 217

　　　　　　就是那一只蟋蟀 / 220

邵燕祥　　到远方去 / 224
　　　　　　假如生活重新开头 / 227

饶阶巴桑　　母　亲 / 229

昌　耀　　划呀，划呀，父亲们
　　　　　　——献给新时期的船夫 / 230

浪　波　　又见长安 / 236

张万舒　　黄　山　松 / 239

刘祖慈　　我们是大运河的子孙 / 241

《北京雪景》
力群

雷抒雁　　啊，我的镰刀，我的铁锤 / 245

张　庞　卜宝玉　　陕北的小米 / 255

胡世宗　　土　地 / 258

张雪杉　　中　国 / 259

叶文福	祖国啊，我要燃烧 / 261
周　涛	致　新　疆 / 263
傅天琳	我是苹果 / 265
食　指	相信未来 / 267
叶延滨	中　国 / 269
江　河	纪　念　碑 / 270
	祖国啊，祖国 / 274
黄亚洲	丝绸走过兰州 / 281

《到治淮工地去》
杨可扬

李小雨	最后一分钟 / 284
	丝绸之梦 / 287
高洪波	关于祖国 / 289
赵丽宏	黄河故道遐思 / 291
舒　婷	祖国呵，我亲爱的祖国 / 293

献给我的同代人 / 295

于　坚　　壬午秋咏长江 / 296

杨　炼　　谒草堂 / 301

杨　克　　我在一颗石榴里看见了我的祖国 / 303

《上海早晨》
杨可扬

吉狄马加　骑　手 / 305

国　风　　我眷恋这块土地 / 306

叶　浪　　我有一个强大的祖国 / 307

简　宁　　小平，您好 / 310

王克金　　仰望国徽 / 313

阎月君　　月的中国 / 316

叶　舟　　祖国在上 / 320

囚 歌

为人进出的门紧锁着，

为狗爬走的洞敞开着，

一个声音高叫着：

爬出来呵，给尔自由！

我渴望着自由，

但也深知道——

人的躯体哪能由狗的洞子爬出！

我只能期待着，

那一天——

地下的火冲腾，

把这活棺材和我一齐烧掉，

我应该在烈火和热血中得到永生。

1942年

叶挺（1896—1946），原名叶为询，字希夷，号西平，广东惠州客家人。中国人民解放军创始人之一、新四军重要领导者之一，著名军事家。

郑振铎

我爱的中国

我是少年

一

我是少年！我是少年！

我有如炬的眼，

我有思想如泉。

我有牺牲的精神，

我有自由不可捐。

我过不惯偶像似的流年，

我看不惯奴隶的苟安。

我起！我起！

我欲打破一切的威权。

二

我是少年！我是少年！

我有愤腾的热血和活泼进取的气象。

我欲进前！进前！进前！

我有同胞的情感，

我有博爱的心田。

我看见前面的光明，

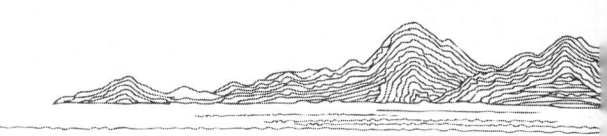

我欲驶破浪的大船,

满载可怜的同胞,

进前!进前!进前!

不管它浊浪排空,狂飙肆虐,

我只向光明的所在,进前!进前!进前!

1919年

郑振铎(1898—1958),字西谛,笔名有郭源新、落雪、CT等,浙江温州人,祖籍福建长乐。现代杰出的爱国主义者和社会活动家、作家、诗人、学者、文学评论家、文学史家、翻译家、艺术史家。

瞿秋白
我爱的中国

赤 潮 曲

赤潮澎湃,

晓霞飞涌,

惊醒了

五千余年的沉梦。

远东古国

四万万同胞,

同声歌颂

神圣的劳动。

猛攻,猛攻,

捶碎这帝国主义万恶丛!

奋勇,奋勇,

解放我殖民世界之劳工,

何论黑,白,黄,无复奴隶种!

从今后,福音遍天下,

文明只待共产大同。

看!

光华万丈涌。

1923年

瞿秋白(1899—1935),本名双,后改瞿爽、瞿霜,字秋白,江苏常州人。中国共产党早期主要领导人之一,伟大的马克思主义者,卓越的无产阶级革命家、理论家和宣传家,中国革命文学事业的重要奠基者之一。

一 句 话

有一句话说出就是祸,

有一句话能点得着火。

别看五千年没有说破,

你猜得透火山的缄默?

说不定是突然着了魔,

突然青天里一个霹雳

爆一声:

"咱们的中国!"

这话叫我今天怎样说?

你不信铁树开花也可,

那么有一句话你听着:

等火山忍不住了缄默;

不要发抖,伸舌头,顿脚,

等到青天里一个霹雳

爆一声:

"咱们的中国!"

1925年

闻一多
我爱的中国

七子之歌（组诗）

澳　门

你可知"妈港"不是我的真名姓？
我离开你的襁褓太久了，母亲！
但是他们掳去的是我的肉体，
你依然保管着我内心的灵魂。
三百年来梦寐不忘的生母啊！
请叫儿的乳名，
叫我一声"澳门"！
母亲！我要回来，母亲！

香　港

我好比凤阙阶前守夜的黄豹，
母亲呀，我身份虽微，地位险要。
如今狞恶的海狮扑在我身上，
啖着我的骨肉，咽着我的脂膏；
母亲呀，我哭泣号啕，呼你不应。
母亲呀，快让我躲入你的怀抱！
母亲！我要回来，母亲！

台　湾

我们是东海捧出的珍珠一串,
琉球是我的群弟,我就是台湾。
我胸中还氤氲着郑氏的英魂,
精忠的赤血点染了我的家传。
母亲,酷炎的夏日要晒死我了,
赐我个号令,我还能背城一战。
母亲!我要回来,母亲!

威 海 卫

再让我看守着中华最古的海,
这边岸上原有圣人的丘陵在。
母亲,莫忘了我是防海的健将,
我有一座刘公岛做我的盾牌。
快救我回来呀,时期已经到了。
我背后葬的尽是圣人的遗骸!
母亲!我要回来,母亲!

广 州 湾

东海和广州是我的一双管钥,
我是神州后门上的一把铁锁。
你为什么把我借给一个盗贼?
母亲呀,你千万不该抛弃了我!
母亲,让我快回到你的膝前来,
我要紧紧地拥抱着你的脚踝。
母亲!我要回来,母亲!

九 龙

我的胞兄香港在诉他的苦痛,
母亲呀,可记得你的幼女九龙?
自从我下嫁给那镇海的魔王,
我何曾有一天不在泪涛汹涌!
母亲,我天天数着归宁的吉日,
我只怕希望要变作一场空梦。
母亲!我要回来,母亲!

旅顺，大连

我们是旅顺，大连，孪生的兄弟。
我们的命运应该如何地比拟？
两个强邻将我来回地蹴踢，
我们是暴徒脚下的两团烂泥。
母亲，归期到了，快领我们回来。
你不知道儿们如何地想念你！
母亲！我们要回来，母亲！

1925年3月

闻一多

我爱的中国

祈 祷

请告诉我谁是中国人，
启示我，如何把记忆抱紧；
请告诉我这民族的伟大，
轻轻地告诉我，不要喧哗！

请告诉我谁是中国人，
谁的心里有尧舜的心，
谁的血是荆轲聂政的血，
谁是神农黄帝的遗孽。

告诉我那智慧来得离奇，
说是河马献来的馈礼；
还告诉我这歌声的节奏，
原是九苞凤凰的传授。

请告诉我戈壁的沉默，
和五岳的庄严？又告诉我
泰山的石溜还滴着忍耐，
大江黄河又流着和谐？
再告诉我，那一滴清泪

是孔子吊唁死麟的伤悲?

那狂笑也得告诉我才好——

庄周、淳于髡、东方朔的笑。

请告诉我谁是中国人,

启示我,如何把记忆抱紧;

请告诉我这民族的伟大,

轻轻地告诉我,不要喧哗!

闻一多(1899—1946),本名闻家骅,字友三,湖北浠水人,中国现代伟大的爱国主义者,坚定的民主战士,中国民主同盟早期领导人,中国共产党的挚友,新月派代表诗人和学者。

穆木天

我爱的中国

月夜渡湘江

今夜我渡过了这琥珀色的湘江,
远望去是一片苍茫,
在雾影里飘动着往来的小舟,
在空气中浮荡着朦胧的月光。
月光照耀在水面上,
月光也照耀远近的田野和山岗;
它照耀着无数的农村和都市,
它也照耀着辽远的我的故乡。
在故乡是血和肉的搏斗呀,
多少地方都变成了修罗场,
正如同这湘江岸上的古旧的城池,
变成了血肉交织的瓦砾场一样。
在瓦砾中江水流转着,
好像是一滴血一滴泪在动荡,
祖国的过去和未来,
也一滴血一滴泪流动在我的心上。
在我的心里是充满着各种的回忆呀,
如同古老的传说充满着这古老的湘江。
湘江的水今天是阴郁而美丽的,
月色朦胧中使我感到无限的兴奋和惆怅。

随着江水我的心奔驰着，

我看见无数的苦难的田野和村庄，

从长白山一直到大庾岭上，

我好像听见血腥的风在飘扬。

随着江水我的心在驰想着，

这湘江上曾经做过多少次革命战场！

可是这个负载着民族光荣和耻辱的土地呀！

今日在苦难中又发出新时代的火光。

民族革命战争的火焰燃烧着，

从鸭绿江一直到澜沧江上；

从帕米尔高原到东海滨，

多少人为祖国的自由解放在武装。

湘江，在他古老的姿态中，

也给我们呈露出他的英勇的形象，

今天他是忧郁而美丽的，

月色朦胧中，他好像是松花江一样。

如同在松花江上一样，

我看见多少的火把在高张。

在废墟中是蕴藏着多少复仇的种子，

湘江今天在他的战斗中生长！

今天我渡过了这琥珀色的湘江，

湘江原野上是一片苍茫，

（多少苦难的回忆在我的心上萦回着，）

我战栗地憧憬着他的未来的荣光。

1940年11月14日，夜，坪石

穆木天（1900—1971），原名穆敬熙，吉林伊通县靠山镇人，中国现代诗人、翻译家。象征派的代表诗人。毕业于南开中学、日本东京大学，1921年参加创造社，回国曾任中山大学、吉林省立大学教授，1931年在上海参加左联，负责左联诗歌组工作，并参与成立中国诗歌会。

中国劳动歌

起来罢，中国劳苦的同胞呀；
我们受帝国主义的压迫到了极度；
倘若我们再不起来反抗，
我们将永远堕于黑暗的深窟，
打破帝国主义的压迫，
回复中华民族的自主；
这是我们自身的事情，
　快啊，快啊，快动手！

起来罢，中国劳苦的同胞呀！
我们受军阀的蹂躏到了极度；
倘若我们再不想法自救，
我们将永成为被宰割的鱼肉。
推翻贪暴凶残的军阀，
解放劳苦同胞的锁扣；
这是我们自身的事情，
　快啊，快啊，快动手！

起来罢，中国劳苦的同胞呀！
我们尝足了痛苦，做够了马牛；

倘若我们再不夺回自由,
我们将永远蒙着卑贱的羞辱。
我们高举鲜艳的红旗,
努力向那社会革命走;
这是我们自身的事情,
快啊,快啊,快动手!

1922年

蒋光慈(1901—1931),安徽霍邱(今金寨县白塔畈镇白大村河北组白大小街)人。1921年赴苏联莫斯科东方大学学习,次年加入中国共产党。1927年与阿英、孟超等人组织太阳社,宣传革命文学。

时间开始了（节选）

胡 风

我爱的中国

时间开始了——

毛泽东

他站到了主席台正中间

他站到了地球面上

中国地形正前面

他

屹立着像一尊塑像……

掌声和呼声静下来了

这会场

静下来了

好像是风浪停息了的海

只有微波在动荡而过

只有微风在吹拂而过

一刹那通到永远——

时间

奔腾在肃穆的呼吸里面

跨过了这肃穆的一刹那

时间！时间！

你一跃地站了起来！

毛泽东，他向世界发出了声音

毛泽东，他向时间发出了命令：

"进军！"

掌声爆发了起来

乐声奔涌了出来

灯光放射了出来

礼炮像大交响乐的鼓声

"咚！咚！咚！"地轰响了进来

一瞬间

这会场

化成了一片沸腾的海

一片声浪的海

一片光带的海

一片声浪和光带交错着的

欢跃的生命的海

海

沸腾着

它涌着一个最高峰

毛泽东

他屹然地站在那最高峰上

好像他微微俯着身躯

好像他右手握紧着拳头

放在前面

好像他双脚踩着一个

巨大的无形的舵盘

好像他在凝视着流到了这里的

各种各样的大小河流

我是海

我要大

大到能够

环抱世界

大到能够

流贯永远

我是海

要容纳应该容纳的一切

能澄清应该澄清的一切

我这晶莹无际的碧蓝

永远地

永远地

要用它纯洁的幸福光波

映照在这个大宇宙中间

诗人但丁

当年在地狱门上

写下了一句金言：

"到这里来的，

一切希望都要放弃！"

今天

中国人民的诗人毛泽东

在中国新生的时间大门上

写下了

但丁没有幸运写下的

使人感到幸福

而不是感到痛苦的句子：

"一切愿意新生的

到这里来吧

最美好最纯洁的希望

在等待着你！"

祖国

伟大的祖国呵

在你承担着苦难的怀抱里

在你忍受着痛楚的怀抱里

我所分得的微小的屈辱

和微小的悲痛

也是永世难忘的

但终于走到了今天这个日子

今天

为了你的新生

我奉上这欢喜的泪

为了你的母爱

我奉上这感激的泪

我的战友

我的同志

我的兄弟

我看见了你!

你在臭湿的工房里冻饿过

你在黑暗的牢狱里垂死过

你和穷苦的农民一道喂过虱子

你和勇敢的战友一道喝过雪水

你受过了千锤百炼

你征服了痛苦和死亡

这中间

多少年多少年了

但你的希望活到了今天这个日子

但你的意志活到了今天这个日子

今天

在激动着你的此刻

也许你忘记了过去的一切

但过去的一切

使你纯贞得像一个婴儿

仿佛躺在温暖的摇篮里面

洁白的心房充溢着新生的恩惠

毛泽东！毛泽东！

中国大地上最无畏的战士

中国人民最亲爱的儿子

你微微俯着身躯

你坚定地望着前面

随着你抬起的巨人的手势

大自然的交响涌出了最强音

全人类的希望发出了最强光

你镇定地迈开了第一步

你沉着的声音像一响惊雷——

"占人类总数四分之一的中国人从此站立起来了！"

"中国人从此站立起来了！"

"从此站立起来了！"

"站立起来了！"

       1949年11月11日夜10时半，成。

       11月12日夜11时，改。在北京。

     注：该诗为《时间开始了》中《欢乐颂》一章。

胡风
我爱的中国

为祖国而歌

在黑暗里在重压下在侮辱中

苦痛着呻吟着挣扎着

是我底祖国

是我底受难的祖国!

在祖国

忍受着面色底痉挛

和呼吸喘促

以及茫茫的亚细亚的黑夜,

如暴风雨下的树群

我们成长了

为有明天

为了抖去苦痛和侮辱底重载

朝阳似地

绿草似地

生活会笑

祖国呵

你底儿女们

歌唱在你底大地上面

战斗在你底大地上面

喋血在你底大地上面

在卢沟桥

在南口

在黄浦江

在敌人底铁蹄所到的一切地方,

迎着枪声炮声炸弹声地呼啸声——

祖国呵

为了你

为了你底勇敢的儿女们

为有明天

我要尽情地歌唱:

用我底感激

我底悲愤

我底热泪

我底也许迸溅在你底土壤上的活血!

人说:无用的笔呵

把它扔掉好啦。

然而,祖国呵

就是当我拿着一把刀

或者一支枪

在丛山茂林中出没有时候罢

依然要尽情地歌唱

依然要倾听兄弟们底赤诚的歌唱——

迎着铁底风暴

火底风暴

血底风暴

歌唱出郁积在心头上的仇火

歌唱出郁积在心头上的真爱

也歌唱盘结在你古老的灵魂

里的一切死渣和污秽

为了抖掉苦痛和侮辱重载

为了胜利

为了自由而幸福的明天

为了你呵，生我的养我的教给我什么是爱，

什么是恨的，使我在爱里恨里苦痛的，

辗转于苦痛里

但依然

能够给希望给我力量的

我底受难的祖国！

胡风（1902—1985），原名张名桢，后改名张光人，笔名谷非、高荒、张果等。湖北蕲春人。现代文艺理论家、诗人、文学翻译家。

我的感谢

冯 至

我爱的中国

你让祖国的山川

变得这样美丽、清新，

你让人人都恢复了青春，

你让我，一个知识分子

又有了良心。

我的父母把我生下来，

心上就蒙盖了灰尘，

几十年，越埋越深，

像一个漫长的冬夜，

看不见春天和早晨。

看不见光明，只看见黑暗，

分不清朋友和敌人，

感不到人类的历史在前进，

把真的掺上了假，

假的掺上了真。

是你唤醒了我，

扫除了厚厚的灰尘，

我取出来这颗血红的心——

朋友和敌人划清了界限，

真和假也有了区分。

你让我有了爱,

爱祖国的人民,祖国的山川,

爱祖国的今日和明天,

爱我们做不完的工作,

爱工作里的顺利和艰难。

我无论走到哪里,

都感到你博大的精神,

你比太阳的光照还要普遍,

因为太阳还有照不到的地方,

它每天还在西方下沉。

你却日日夜夜地照着我,

也照着祖国的每个人。

你是党,你是毛主席,

你是我们再生的父母,

你是我们永久的恩人。

我和祖国

冯 至

我爱的中国

祖国，你有千千万万的好儿女，
也有为数不少的不肖子孙，
有人丑化你的形象，
有人让你永葆青春。

我是什么样的儿孙？
我缺乏自知之明，
我也不值得将来有人
给我做盖棺论定。

我曾喝过海外的水，
总像是一条鱼陷入沙泥；
我曾踏过异国的土地，
总像是断线的风筝
飘浮在空际。

好也罢，不肖也罢，
只有一句话——
"我离不开你。"

冯至（1905—1993），原名冯承植，直隶涿州（今属河北）人。1923年加入浅草社。1925年和杨晦、陈翔鹤、陈炜谟等成立沉钟社。先后就读于德国柏林大学、海德堡大学。1936年至1939年任教于同济大学。曾任中国社会科学院外国文学研究所所长。

有 的 人
——纪念鲁迅逝世十三周年有感

有的人活着

他已经死了；

有的人死了

他还活着。

有的人

骑在人民头上："呵，我多伟大！"

有的人

俯下身子给人民当牛马。

有的人

把名字刻入石头想"不朽"；

有的人

情愿做野草，等着地下的火烧。

有的人

他活着别人就不能活；

有的人

他活着为了多数人更好地活。

骑在人民头上的,

人民把他摔垮;

给人民做牛马的,

人民永远记住他!

把名字刻入石头的,

名字比尸首烂得更早;

只要春风吹到的地方,

到处是青青的野草。

他活着别人就不能活的人,

他的下场可以看到;

他活着为了多数人更好地活着的人,

群众把他抬举得很高,很高。

1949年11月1日

毛泽东，你是一颗大星（节选）

臧克家

我爱的中国

毛泽东，你是一颗大星，

不在天上，亮在人民的心中。

你把光明、温暖和希望

带给我们，不，最重要的是斗争！

你举着大旗，一面磁石，

从东南向西北，激流一样冲击，

冲过千重山，万重水，

冲决了一道又一道围困的大堤，

这二万五千里的大工程，

有什么可以比拟！

有什么可以比拟！

有些吃反动宣传饭的家伙，

在你脸上描红胡子，乱涂水粉；

有的人也太过分，

把你的事业当神话来过瘾。

我们朴实的人们不这么想，

我们认定你是一个

顶精干的人，顶能战斗的人，

把生命，希望，全个儿交付给你，

我们可以毫不担心!

你领导的成功,
并不是什么奇迹;
抓住人民的要求,
你就慷慨地"给"。
你的大业如果有点什么神秘,
那就是革命,革得真,革得彻底!
你使陕北的一片荒山,
生长出丰足的五谷杂粮。
你使千万穷苦的人民,
有田种,有饭吃,
还有文化的滋养。
疾病袭来了,
有药石代替巫卜的仙方。

在你荫庇下的人民
重新活了,像春风里的枝条,
眼里不再淌酸辛的泪水,
恐怖,恼恨,也从心里拔去了根。
屋檐挨着屋檐,
邻人们互相亲近,

血脉，感情，心灵，
活泼泼的，像流水
彼此灌注，交流，
淙淙地流出了——
生之欢快的声音！

....

延安是一块新的土地，
延安是一个光明的海洋。
新的土地上产生新的人类，
延安，多少人念着这个名字，
心，向着他打开天窗。
毛泽东，你是全延安，全中国，
最高的一个人，
你离开我们千万里，
你又像在我们眼前这么近……

为了打倒共同的敌人，
你主张团结；
抗战胜利了，
你还是坚持团结。

因为你知道,
今天人民要求的不是内战,
是和平,是民主,是建设。

用自己的胸膛
装着人民的心,
你亲自降临到这战时的都城,
做了一个伟大的象征。
从你的声音里,
我们听出了一个新中国;
从你的目光里,
我们看到了一道大光明。

1945年

从 军 行

臧克家

我爱的中国

今夜，灯火格外亲人，
我们对着它说话，
对着它发呆，
它把我们的影子列成了一排。

为什么你低垂了头，
是在抽回忆的丝？
在咀嚼妈妈的话，
当离家的前夕？

忽然你眉头上叠起了皱纹，
一丝皱纹划一道长恨！
我知道，
你在恨敌人的手
撕破了故乡田园的图画，
你在恨敌人的手
拆散了我们温暖的家。

大时代的弓弦
正等待年轻的臂力，

今夜，有灯火做证，
为祖国你许下了这条身子。

明天，灰色的戎装，
会把你打扮得更英爽，
你的铁肩上
将压上一支钢枪。
今后，
不用愁用武无地，
敌人到处
便是你的战场。

1937年12月11日

臧克家（1905—2004），曾用名臧瑗望，笔名少全、何嘉，山东潍坊诸城人，著名诗人。是闻一多的学生、忠诚的爱国主义者。

等 待（二）

你们走了，留下我在这里等，
看血污的铺石上徘徊着鬼影，
饥饿的眼睛凝望着铁栅，
勇敢的胸膛迎着白刃：
耻辱粘着每一颗赤心，
在那里，炽烈地燃烧着悲愤。

把我遗忘在这里，让我见见
屈辱的极度，沉痛的界限，
做个证人，做你们的耳，你们的眼，
尤其做你们的心，受苦难，磨炼，
仿佛是大地的一块，让铁蹄蹂践，
仿佛是你们的一滴血，遗在你们后面。

没有眼泪没有语言的等待：
生和死那么紧地相贴相挨，
而在两者间，顽长的岁月在那里挤，
结伴儿走路，好像难兄难弟。

冢地只两步远近，我知道

安然占六尺黄土，盖六尺青草；
可是这儿也没有什么大不同，
在这阴湿、窒息的窄笼：
做白虱的巢穴，做泔脚缸，
让脚气慢慢延伸到小腹上，
做柔道的呆对手，剑术的靶子，
从口鼻一齐喝水，然后给踩肚子，
膝头压在尖钉上，砖头垫在脚踵上，
听鞭子在皮骨上舞，做飞机在梁上荡……

多少人从此就没有回来，
然而活着的却耐心地等待。

让我在这里等待，
耐心地等你们回来：
做你们的耳目，我曾经生活，
做你们的心，我永远不屈服。

1937年

我用残损的手掌

戴望舒

我爱的中国

我用残损的手掌

摸索这广大的土地：

这一角已变成灰烬，

那一角只是血和泥；

这一片湖该是我的家乡，

（春天，堤上繁花如锦幛，

嫩柳枝折断有奇异的芬芳）

我触到荇藻和水的微凉；

这长白山的雪峰冷到彻骨，

这黄河的水夹泥沙在指间滑出；

江南的水田，你当年新生的禾草

是那么细，那么软……现在只有蓬蒿；

岭南的荔枝花寂寞地憔悴，

尽那边，我蘸着南海没有渔船的苦水……

无形的手掌掠过无限的江山，

手指沾了血和灰，手掌沾了阴暗，

只有那辽远的一角依然完整，

温暖，明朗，坚固而蓬勃生春。

在那上面，我用残损的手掌轻抚，

像恋人的柔发，婴孩手中乳。

我把全部的力量运在手掌

贴在上面，寄与爱和一切希望，

因为只有那里是太阳，是春，

将驱逐阴暗，带来苏生，

因为只有那里我们不像牲口一样活，

蝼蚁一样死……

那里，永恒的中国！

1941年

戴望舒（1905—1950），名承，字朝安，浙江杭州人。中国现代派象征主义诗人、翻译家。曾与杜衡、张天翼和施蛰存等人成立兰社，创办《兰友》旬刊。

地 之 子

李广田

我爱的中国

我是生自土中，
来自田间的，
这大地，我的母亲，
我对她有着作为人子的深情。
我爱着这地面上的沙壤，湿软软的，
我的襁褓；
更爱着绿茸茸的田禾，野草，
保姆的怀抱。
我愿安息在这土地上，
在这人类的田野里生长，
生长又死亡。

我在地上，
昂了首，望着天上。
望着白的云，
彩色的虹，
也望着碧蓝的晴空。
但我的脚却永踏着土地，
我永嗅着人间的土的气息。
我无心于住在天国里，

因为住在天国时，
便失去了天国，
且失掉了我的母亲，这土地。

1933年春

李广田（1906—1968），号洗岑，笔名黎地、曦晨等。山东邹平人。著名散文家。曾与北大学友卞之琳、何其芳合出诗集《汉园集》，三人因此被称为"汉园三诗人"。

雪落在中国的土地上

艾　青

我爱的中国

雪落在中国的土地上，
寒冷在封锁着中国呀……

风，
像一个太悲哀了的老妇，
紧紧地跟随着
伸出寒冷的指爪
拉扯着行人的衣襟，
用着像土地一样古老的话
一刻也不停地絮聒着……

那丛林间出现的
赶着马车的
你中国的农夫
戴着皮帽
冒着大雪
你要到哪儿去呢？

告诉你
我也是农人的后裔——

由于你们的
刻满了痛苦的皱纹的脸
我能如此深深地
知道了
生活在草原上的人们的
岁月的艰辛。

而我
也并不比你们快乐啊
——躺在时间的河流上
苦难的浪涛
曾经几次把我吞没而又卷起——
流浪与监禁
已失去了我的青春的
最可贵的日子,
我的生命
也像你们的生命
一样的憔悴呀。

雪落在中国的土地上,
寒冷在封锁着中国呀……

沿着雪夜的河流,

一盏小油灯在徐缓地移行,

那破烂的乌篷船里

映着灯光,垂着头,

坐着的是谁呀?

——啊,你

蓬发垢面的少妇,

是不是

你的家

——那幸福与温暖的巢穴——

已被暴戾的敌人

烧毁了么?

是不是

也像这样的夜间,

失去了男人的保护,

在死亡的恐怖里

你已经受尽敌人刺刀的戏弄?

咳, 就在如此寒冷的今夜,

无数的

我们的年老的母亲,

都蜷伏在不是自己的家里,

就像异邦人

不知明天的车轮

要滚上怎样的路程……

——而且

中国的路

是如此的崎岖,

是如此的泥泞呀。

雪落在中国的土地上,

寒冷在封锁着中国呀……

透过雪夜的草原

那些被烽火所啮啃着的地域,

无数的,土地的垦殖者

失去了他们所饲养的家畜

失去了他们肥沃的田地

拥挤在

生活的绝望的污巷里:

饥馑的大地

朝向阴暗的天

伸出乞援的

颤抖着的两臂。

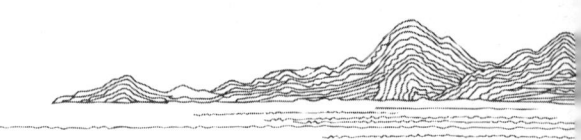

中国的苦痛与灾难

像这雪夜一样广阔而又漫长呀!

雪落在中国的土地上,

寒冷在封锁着中国呀……

中国,

我的在没有灯光的晚上

所写的无力的诗句

能给你些许的温暖么?

1937年

北 方

一天
那个科尔沁草原上的诗人
对我说：
"北方是悲哀的。"

不错，
北方是悲哀的。
从塞外吹来的
沙漠风，
已卷去
北方的生命的绿色
与时日的光辉
——一片暗淡的灰黄
蒙上一层揭不开的沙雾；
那天边疾奔而至的呼啸
带来了恐怖
疯狂地
扫荡过大地；
荒漠的原野
冻结在十二月的寒风里；

村庄呀,

山坡呀,

河岸呀,

颓垣与荒冢呀,

都披上了土色的忧郁……

孤单的行人,

上身俯前

用手遮住了脸颊,

在风沙里

困苦地呼吸,

一步一步地

挣扎着前进……

几只驴子

——那有悲哀的眼

和疲乏的耳朵的畜生,

载负了土地的

痛苦的重压,

它们厌倦的脚步

徐缓地踏过

北国的

修长而又寂寞的道路……

那些小河早已枯干了

河底已画满了车辙，

北方的土地和人民

在渴求着

那滋润生命的流泉啊！

枯死的林木

与低矮的住房

稀疏地

阴郁地

散布在

灰暗的天幕下；

天上，

看不见太阳，

只有那结成大队的雁群

惶乱的雁群，

击着黑色的翅膀

叫出它们的不安与悲苦，

从这荒凉的地域逃亡

逃亡到

绿荫蔽天的南方去了……

北方是悲哀的

而万里的黄河

汹涌着浑浊的波涛,

给广大的北方

倾泻着灾难与不幸;

而年代的风霜

刻画着

广大的北方的

贫穷与饥饿啊。

而我

——这来自南方的旅客,

却爱这悲哀的北国啊。

扑面的风沙

与入骨的冷气

决不曾使我咒诅;

我爱这悲哀的国土,

一片无垠的荒漠

也引起了我的崇敬

——我看见

我们的祖先

带领了羊群

吹着笳笛

沉浸在这大漠的黄昏里;

我们踏着的

古老的

松软的黄土层里

埋有我们祖先的骸骨啊,

——这土地是他们所开垦

几千年了

他们曾在这里

和带给他们以打击的自然相搏斗,

他们为保卫土地

从不曾屈辱过一次,

他们死了

把土地遗留给我们——

我爱这悲哀的国土,

它的广大而瘦瘠的土地

带给我们以淳朴的言语

与宽阔的姿态,

我相信这言语与姿态,

坚强地生活在大地上

永远不会灭亡;

我爱这悲哀的国土,

古老的国土

——这国土

养育了为我所爱的

世界上最艰苦

与最古老的种族。

1938年2月

艾青
我爱的中国

我爱这土地

假如我是一只鸟,

我也应该用嘶哑的喉咙歌唱:

这被暴风雨所打击着的土地,

这永远汹涌着我们的悲愤的河流,

这无止息地吹刮着的激怒的风,

和那来自林间的无比温柔的黎明……

——然后我死了,

连羽毛也腐烂在土地里面。

为什么我的眼里常含泪水?

因为我对这土地爱得深沉……

1938年

艾青(1910—1996),原名蒋海澄,浙江金华人。中国现代诗的代表诗人之一。毕业于杭州国立西湖艺术学院。1933年第一次用笔名发表长诗《大堰河——我的保姆》。1932年在上海加入中国左翼美术家联盟,从事革命文艺活动。

再见吧，延安

再见吧，延安！
再见吧，延安的同志们；

以及一切紧握的爱与热，
熟识的温慰的笑，
燃烧的火炬的心；

以及那被夕阳镀金的宝塔，
挂着新月的清凉古刹，
俱乐部的礼拜天，
桃林的夏之黄昏；

以及我曾沐浴过的
终日低唱着的延河，
我曾以汗水滋润过的
起伏的黄土的山坡；
——延河在山下跳荡奔流，
它欢送着出征的行列：
快走，快走，快走！

还有那山陵般的大礼堂：
无数次的首长的报告，
无数次的晚会，
音乐表演和诗歌朗诵……
笑红的脸像一朵朵裂开的榴花，
浮在滚沸的歌声和掌声里。

还有那排列在半山腰的窑洞：
你是我最好的相知——
感激的泪，疚心的忏悔，
抑或是飞跃的欢喜……
每一种难言的心绪，对你
都不曾有过丝毫的隐饰，
我对你朗诵了
诉说着衷曲的每一章新诗。

还有我手植的小白杨：
当我有时烦忧，
你的叶子发抖，像疟疾患者；
而又总是那么轻快地歌唱，
伴着我的快乐。
你活泼地生长吧，

在新市场的山坡上，
愿你的枝干也像新市场一样繁荣。

还有喂养在保育院的小胖：
不到断奶的时候，
你就失去了母爱的慈光；
而你的眼睛是多么黑，
你的笑是多么响！
再摸一摸爸爸的胡子吧，
再亲一亲吧，亲亲，不怕扎！
而你哇的一声哭起来了，
你哭什么？——
为了使你们这一代再不看到什么是战争，
爸爸挎上步枪出发……

好，别了
一切都再见吧！

是的，还有我们的毛主席，
亲爱的毛泽东同志：
想起你光辉的名字，
就好像铭刻着一句坚定的誓词。

而我并不曾离开你——
你不只在延安，你是在战斗着的全中国，
你是在每一个劳动人民的心坎里。
你是我们亚细亚的灯塔，
我永远在你的光照下。

"像雄鹰一样地高飞吧，
不要在飞着的时候停止了！"
我默诵着诗人卡拉门金给普式庚的赠言，
把依恋窒死在心里。
迎着风沙挺直了胸膛，
抬起头凝望着东方：
东方喷着愤怒的红云，
祖国正在燃烧呀！

是谁在呼唤：
走啊，走啊，走啊……
向战斗，向战斗！
到黄河去，到华北去，
到那古朴而辽阔的大地。
那里已踏遍强盗的足迹，
父兄的尸身乱躺在田垄里。

脚,快些,再快些!

迈着主人的阔步,

走回那广大的平原;

铺满阳光的大路,

已经展开在我的面前了。

1942年4月

公木(1910—1998),原名张永年,又名张松甫、张松如,笔名有公木、木农等,河北辛集人,著名诗人、学者、教育家,是《英雄赞歌》《八路军进行曲》的歌词作者。

卞之琳
我爱的中国

给随便哪一位神枪手

在你放射出一颗子弹以后，
你看得见的，如果你回过头来，
胡子动起来，老人们笑了，
酒窝深起来，孩子们笑了，
牙齿亮起来，妇女们笑了。

在你放射出一颗子弹以前，
你知道的，用不着回过头来，
老人们在看着你枪上的准星，
孩子们在看着你枪上的准星，
妇女们在看着你枪上的准星。

每一颗子弹都不会白走一遭，
后方的男男女女都信任你。
趁一排子弹都要上路的时候，
请代替痴心的老老少少，
多捏一下那几个滑亮的小东西。

1937年11月6日

卞之琳（1910—2000），曾用笔名季陵、薛林等。江苏海门汤家镇人。现当代诗人、文学评论家、翻译家，"汉园三诗人"之一。曾是徐志摩和胡适的学生。被公认为新文化运动中重要的诗歌流派新月派和现代派的代表诗人。

回　答

何其芳

我爱的中国

一

从什么地方吹来的奇异的风，
吹得我的船帆不停地颤动：
我的心就是这样被鼓动着，
它感到甜蜜，又有一些惊恐。
轻一点吹呵，让我在我的河流里
勇敢地航行，借着你的帮助，
不要猛烈得把我的桅杆吹断，
吹得我在波涛中迷失了道路。

二

有一个字火一样灼热，
我让它在我的唇边变为沉默。
有一种感情海水一样深，
但它又那样狭窄，那样苛刻。
如果我的杯子里不是满满地
盛着纯粹的酒，我怎么能够
用它的名字来献给你呵，

我怎么能够把一滴说为一斗?

三

不,不要期待着酒一样的沉醉!
我的感情只能是另一种类。
它像天空一样广阔,柔和,
没有忌妒,也没有痛苦的眼泪。
唯有共同的美梦,共同的劳动
才能够把人们亲密地联合在一起,
创造出的幸福不只是属于个人,
而是属于巨大的劳动者全体。

四

一个人劳动的时间并没有多少,
鬓间的白发警告着我四十岁的来到。
我身边落下了树叶一样多的日子,
为什么我结出的果实这样稀少?
难道我是一棵不结果实的树?
难道生长在祖国的肥沃的土地上,
我不也是除了风霜的吹打,

还接受过许多雨露,许多阳光?

五

你愿我永远留在人间,不要让
灰暗的老年和死神降临到我的身上。
你说你痴心地倾听着我的歌声,
彻夜失眠,又从它得到力量。
人怎样能够超出自然的限制?
我又用什么来回答你的爱好,
你的鼓励?呵,人是平凡的,
但人又可以升得很高很高!

六

我伟大的祖国,伟大的时代,
多少英雄花一样在春天盛开;
应该有不朽的诗篇来讴歌他们,
让他们的名字流传到千年万载。
我们现在的歌声却那么微茫!
哪里有古代传说中的歌者,
唱完以后,她的歌声的余音

还在梁间缭绕，三日不绝？

七

呵，在我祖国的北方原野上，
我爱那些藏在树林里的小村庄，
收获季节的车的轮子的转动声，
农民家里的风箱的低声歌唱！
我也爱和树林一样密的工厂，
红色的钢铁像水一样疾奔，
从那震耳欲聋的马达的轰鸣里，
我听见了我的祖国的前进！

八

我祖国的疆域是多么广大：
北京飞着雪，广州还开着红花。
我愿意走遍全国，不管我的头
将要枕着哪一块土地睡下。
"那么你为什么这样沉默？
难道为了我们年轻的共和国，
你不应该像鸟一样飞翔，歌唱，

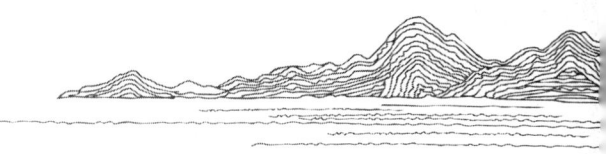

一直到完全唱出你胸脯里的血？"

九

我的翅膀是这样沉重，
像是尘土，又像有什么悲恸，
压得我只能在地上行走，
我也要努力飞腾上天空。
你闪着柔和的光辉的眼睛
望着我，说着无尽的话，
又像殷切地向我期待着什么——
请接受吧，这就是我的回答。

1952年—1954年

何其芳
我爱的中国

听 歌

我听见了迷人的歌声，
它那样快活，那样年轻，
就像我们年轻的共和国，
在歌唱她的不朽的青春；

就像早晨的金色的阳光，
因为快乐而颤抖在水波上，
春天突然回到了园子里，
花朵都带着露珠开放。

它时而唱得那样低咽，
像夜晚的喷泉细声飞射，
圆圆的月亮从天边升起，
微风在轻轻摇动树叶；

它时而唱得那样高昂，
像与天相接的巨大的波浪，
把你们从陆地上面带走，
带到辽远的蓝色的海洋；

然后又唱得那样温柔,
像少女的眼睛含着忧愁,
和裂土而出的植物一样,
初次的爱情跃动在心头。

呵,它是这样迷人,
这不是音乐,这是生命!
这该不是梦中听见,
而是青春的血液在奔腾!

何其芳(1912—1977),生于四川万县(今属重庆),现代诗人、散文家、文学评论家。毕业于北京大学哲学系。1938年,到延安鲁迅艺术学院任教,同年加入中国共产党,为革命文艺做了大量拓荒工作。

辛 笛
我爱的中国

祖国，我是永远属于你的

我把你大块大块地
含在嘴里，
就像是洁白如玉的油脂一样，
生怕它溶化了，
因为你是属于我的！
看见有人用手指指着你讲话，
我就生怕你遭受伤残，
就像手指要戳进我的眼珠，
我是爱护眼珠一样在爱护你，
因为你是属于我的！
我的脉管流着你热乎乎的血液，
我的心胸燃烧着你长征的火炬，
我的每一粒细胞都沉浸着幸福，
我的每一根神经都弹奏着尊严，
我是个百分之百的中国人，
在金不换的愉快中，
我从来没有想到什么叫作卑微！
我爱你爱得这样深沉，
我爱你爱得这样热烈，
即便是在那些田野间劳动

而黑云压城城欲摧的日子里，

我心的深处还是从不间断地

闪耀着你的光辉！

祖国，你好伟大啊！

经历过千百年来

多少次尘世的劫火，

终于断然战胜的毕竟是光明，

而决不是黑暗！

你是永远原谅自己的儿女的，

你抚摩着伤口，揩干了身上的血迹，

却仍自昂然挺进，

你是一个超越世世代代的巨人！

人民能够没有祖国吗？

那不就变成了一群可悲的奴隶！

祖国能够没有人民吗？

那不就变成了古代的巴比伦、全部写进了历史！

人民不能没有祖国，

有祖国才有人民！

祖国没有一个我，

会感觉到丢失了什么吗？

不过是古往今来、亿万分之二的沙砾！

可是，如果我失去了祖国，

那不就要变成一只哀苦伶仃的孤雁？

我就更会像初生儿失去了哺乳的母亲，

感到饥火中烧，热辣辣一样的灼肤之痛！

呵，祖国和我何曾一时一刻容许分离！

祖国，让我展开双臂，

虔诚地拥抱起你脚下的大地，

但是，九百六十万平方公里是何等的广袤辽阔呵，

我掇起的只能是一把你的又肥沃又香甜的黑土，

放进我背上的行囊，

然后向你坦荡的心怀走去，

大声地说：

祖国，你是属于我的，

同样，我是永远属于你的

——一个忠诚的儿子！

辛笛（1912—2004），本名王馨迪，曾用笔名心笛、一民、华缘、牛何之等。天津马家口人，祖籍江苏淮安。为九叶诗派中的长者，其诗作在中国新诗史上被称为"兼有古典诗词和西方印象派的特色"。

黄 河 颂

光未然

我爱的中国

啊，朋友！

黄河以它英雄的气魄，

出现在亚洲的原野；

它表现出我们民族的精神：

伟大而又坚强！

这里，我们向着黄河，

唱出我们的赞歌。

我站在高山之巅，望黄河滚滚，奔向东南。

惊涛澎湃，掀起万丈狂澜；

浊流宛转，结成九曲连环；

从昆仑山下奔向黄海之边，

把中原大地劈成南北两面。

啊！黄河！

你是中华民族的摇篮！

五千年的古国文化，

从你这儿发源；

多少英雄的故事，

在你的身边扮演！

啊！黄河！你伟大坚强，

像一个巨人出现在亚洲平原之上，

用你那英雄的体魄，

筑成我们民族的屏障。

啊！黄河！

你一泻万丈，浩浩荡荡，

向南北两岸伸出千万条铁的臂膀。

我们民族的伟大精神，

将要在你的哺育下发扬滋长！

我们祖国的英雄儿女，

将要学习你的榜样，

像你一样的伟大坚强！

像你一样的伟大坚强！

1939年

光未然（1913—2002），原名张光年，湖北省光化县人，现代著名诗人，文学评论家。创作了《黄河大合唱》《五月的鲜花》《屈原》等诗作。

英雄与孩子

严 辰

我爱的中国

激昂的管弦乐的合奏,
应和着暴风雨般的掌声;
孩子们像一群小巧的白鸽,
飞进了英雄大会的礼堂。

他们乘着音乐的风进来,
他们穿过掌声的波浪进来,
他们捧着鲜艳的花朵进来,
他们带着热烈的祝贺进来。

孩子们的红红的脸蛋,
和英雄们的脸紧贴在一起;
鲜花抱在孩子们的小手里,
孩子像鲜花一样抱在英雄们的臂弯里。

孩子们的脖颈上,
戴着鲜艳的红领巾——
那是先烈们的热血所染成,
那是英雄们的热血所染成。

英雄们的胸前,
金星勋章在闪闪发亮——
那是孩子们水晶般的眼睛,
那是孩子们水晶般的心灵。

孩子是英雄们的未来,
英雄是孩子们的未来;
孩子们把英雄像理想一样拥抱,
英雄们把孩子像火炬一样举高。

为了可爱的孩子,
英雄们加重了庄严的责任,
有了可爱的英雄,
孩子们看见了光辉的前程。

暴风雨还没有过去——
孩子们清亮的歌声,
和英雄们粗壮的音调,
应和在一起,凝结在一起。

仿佛他们不是在礼堂里,
仿佛他们正一路唱着,

穿过硝烟弥漫的山谷，

向百花盛开的春天行进！

1957年10月15日

严辰（1914—2003），原名严汉民。江苏武进人。毕业于上海正风文学院，曾任国立编译馆编审。1941年参加革命工作，历任延安文艺界抗敌协会、鲁迅艺术文学院研究室和中央党校四部创作员、教师，华北联合大学、华北大学文学系教师。

阮章竞

我爱的中国

风 沙

天，一片昏昏黄黄，
风，像黄河的浊浪。
刚才还是万里无云，
转眼变成天地无光。

两三步之外，
看不见人影。
沙子钻进牙床，
尘土迷住眼睛。

卡车拼命地响着喇叭，
在黄风阵里寻找方向；
失掉光亮的两只大灯，
像泡在浓茶里的蛋黄。

这风沙称王称霸的世界，
就是我们黄金不换的地方。
我们要像抖净床单一样，
把这整天风沙倒进海洋！

天地，分不出来，

颜色，分不出来；
只有从人的眼睛和牙齿，
才能看见白色的光彩。

饭堂像盖在黄河水底，
火炉不发热，空气全是泥。
白米饭蒙着层黄粉，
不是肉末而是沙子。

不要怨天怨地皱眉头，
拿出今天人的本事：
把万古荒凉和风沙，
嚼烂在我们的嘴里！

明天吐还它一个泥团，
捏出一个叫人眼红的，
洁白干净没有风沙的，
万紫千红的钢铁城市。

阮章竞（1914—2000），曾用名洪荒。广东香山县沙溪区象角村人（今广东中山市沙溪镇象角村）。诗人、画家。历任游击队指导员，八路军太行山剧团团长，太行文联戏剧部长，中共华北局宣传部文艺处处长等职。

田间
我爱的中国

假使我们不去打仗

假使我们不去打仗

敌人用刺刀

杀死了我们,

还要用手指着我们骨头说:

"看,

这是奴隶!"

1938年

田间(1916—1985),原名童天鉴,安徽省无为县开城镇羊山人,著名诗人。其诗作《假使我们不去打仗》传遍全国,被闻一多称为"擂鼓诗人""时代的鼓手"。

走向北方

邹荻帆

我爱的中国

穿过了滴绿的树林与淡墨的远山,

赭石色的大路上,

我们以沉重的脚步走向北方。

北方是广阔的,

那些线条模糊的地

我们走近了,

更想望着

那更远的

萦在白云下

爬上青苔的古城,

以及插上瓦松的黑色的屋脊……

每天,

我们跋涉在

灼热与尘封的大路上。

沙子与汗水填在耳根,

贴在背上的

是湿答答的汗衣,

沙子钻破了草履呵,

一天天

我们的脚掌磨得更粗粝了,

我们将以粗粝的脚趾

快乐而自由地行走在中国底每一条路上,

吻合着祖先们的足迹。

晚间,

我们投落在

墙壁霉湿的屋子里,

围着跳跃的烛光,

用生水吞着那走了味的麦饼,

草席上我们脱下沾着泥土的鞋,

"记忆"数着大路上的脚印:

哦,那停住了呼吸的农场上的风车,

那悬在木门上的锈绿的铜锁,

它们的主人走了,

只留着黄犬叫着寂寞……

烛火跳跃着,

灼热的心也随着烛光跳跃着呀!

祖国呵,

我们为着争求您的自由与光明,

灼热的心无时不是在追逐着遥远的风沙,
而不辞万里的行程啦。

烛火以微弱的光
剪破了黑暗,
我们微弱的力量
将也能如一星燎原的火
而递燃着四万万五千万支灯芯焰吗?
烛火跳跃着,
我们以红色的笔
勾写着明天的计划与行程,
在明天啊,
我们更将坚决勇敢地走向北方的北方。

1938年7月

邹荻帆(1917—1995),湖北天门人,当代诗人和翻译家。早年就读于湖北省立师范学校,1938年后在武汉等地从事抗日救亡运动,曾与穆木天、冯乃超等创办《时调》诗刊。

赞 美

走不尽的山峦的起伏，河流和草原，
数不尽的密密的村庄，鸡鸣和狗吠，
接连在原是荒凉的亚洲的土地上，
在野草的茫茫中呼啸着干燥的风，
在低压的暗云下唱着单调的东流的水，
在忧郁的森林里有无数埋藏的年代。
它们静静地和我拥抱：
说不尽的故事是说不尽的灾难，
沉默的是爱情，是在天空飞翔的鹰群，
是干枯的眼睛期待着泉涌的热泪，
当不移的灰色的行列在遥远的天际爬行；
我有太多的话语，太悠久的感情，
我要以荒凉的沙漠，坎坷的小路，骡子车，
我要以槽子船，漫山的野花，阴雨的天气，
我要以一切拥抱你，你
我到处看见的人民呵，
在耻辱里生活的人民，佝偻的人民，
我要以带血的手和你们一一拥抱，
因为一个民族已经起来。

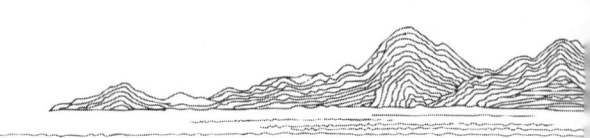

一个农夫，他粗糙的身躯移动在田野中，
他是一个女人的孩子，许多孩子的父亲，
多少朝代在他的身边升起又降落了
而把希望和失望压在他身上，
而他永远无言地跟在犁后旋转，
翻起同样的泥土溶解过他祖先的，
是同样的受难的形象凝固在路旁。
在大路上多少次愉快的歌声流过去了，
多少次跟来的是临到他的忧患，
在大路上人们演说，叫嚣，欢快，
然而他没有，他只放下了古代的锄头，
再一次相信名词，溶进了大众的爱，
坚定地，他看着自己溶进死亡里，
而这样的路是无限的悠长的，
而他是不能够流泪的，
他没有流泪，因为一个民族已经起来。

在群山的包围里，在蔚蓝的天空下，
在春天和秋天经过他家园的时候，
在幽深的谷里隐着最含蓄的悲哀：
一个老妇期待着孩子，许多孩子期待着
饥饿，而又在饥饿里忍耐，
在路旁仍是那聚集着黑暗的茅屋，
一样的是不可知的恐惧，
一样的是大自然中那侵蚀着生活的泥土，

而他走去了从不回头诅咒。
为了他我要拥抱每一个人，
为了他我失去了拥抱的安慰，
因为他，我们是不能给以幸福的，
痛哭吧，让我们在他的身上痛哭吧，
因为一个民族已经起来。

一样的是这悠久的年代的风，
一样的是从这倾圮的屋檐下散开的无尽的呻吟和寒冷，
它歌唱在一片枯槁的树顶上，
它吹过了荒芜的沼泽，芦苇和虫鸣，
一样的是这飞过的乌鸦的声音，
当我走过，站在路上踟蹰，
我踟蹰着为了多年耻辱的历史
仍在这广大的山河中等待，
等待着，我们无言的痛苦是太多了，
然而一个民族已经起来，
然而一个民族已经起来。

1941年12月

穆旦（1918—1977），原名查良铮，曾用笔名梁真，出生于天津，祖籍浙江省海宁市袁花镇。著名诗人、翻译家。九叶诗派的代表诗人。1940年在西南联大毕业后留校任教。后毕业于芝加哥大学英国文学系，获文学硕士学位。1953年回国后，任南开大学外文系副教授。

红 豆

亚热带的光泽,

南国的颜色,

灿烂妩媚如同春天的花蕊。

太阳整天在它的额上照耀,

阳光造就它的智慧的眸子,

它的眸子有清晨纯洁的露水。

月亮在椰树的背后伫立,

用含情半闭的眼睛窥视,

因为爱和嫉妒而脸色苍白。

星星在远海的上空徘徊,

用只有青草能听见的低语,整夜都在谈论它的美丽。

让我把这红色颗粒,

在不朽的心灵贮藏;

让我高举订盟的酒杯,为永驻的春天欢呼;

太阳万岁!月亮万岁!

星辰万岁!少女万岁!

爱情和青春万岁!

蔡其矫(1918—2007),福建泉州晋江人,当代著名诗人。历任华北联合大学文学系教员、中央人民政府情报总署东南亚科科长、福建作家协会名誉主席等职。

郭小川
我爱的中国

刻在北大荒的土地上

继承下去吧,我们后代的子孙!
这是一笔永恒的财产——千秋万古长新;
耕耘下去吧,未来世界的主人!
这是一片神奇的土地——人间天上难寻。

这片土地哟,头枕边山、面向国门,
风急路又远啊,连古代的旅行家都难以问津;
这片土地哟,背靠林海、脚踏湖心,
水深雪又厚啊,连驿站的千里马都不便扬尘。

这片土地哟,一直如大梦沉沉!
几百里没有人声,但听狼嚎、熊吼、猛虎长吟;
这片土地哟,一直是荒草森森!
几十天没有人影,但见蓝天、绿水、红日如轮。

这片土地哟,过去好似被遗忘的母亲!
那清澈的湖水啊,像她的眼睛一样望尽黄昏;
这片土地哟,过去犹如被放逐的黎民!
那空静的山谷啊,像他的耳朵一样听候足音。

永远记住这个时间吧：一九五四年隆冬时分，
北风早已吹裂大地，冰雪正封闭着古老的柴门；
永远记住这些战士吧：一批转业的革命军人，
他们刚刚告别前线，心头还回荡着战斗的烟云。

野火却烧起来了！它用红色的光焰昭告世人：
从现在起，北大荒开始了第一次伟大的进军！
松明却点起来了！它向狼熊虎豹发出檄文：
从现在起，北大荒不再容忍你们这些暴君！

谁去疗治脚底的血泡呀，谁去抚摸身上的伤痕！
马上出发吧，到草原的深处去勘察土质水文；
谁去清理腮边的胡须呀，谁去涤荡眼中的红云！
继续前进吧，用满身的热气冲开弥天的雪阵。

还是吹起军号呵！横扫自然界的各色"敌人"，
放一把大火烧开通路，用雪亮的刺刀斩草除根！
还是唱起战歌呵！以注满心血的声音呼唤阳春，
节省些口粮做种子，用扛惯枪的肩头把犁耙牵引。

哦，没有拖拉机，没有车队，没有马群……
却有几万亩土地——在温暖的春风里翻了个身！

哦，没有住宅区，没有野店、没有烟村……
却有几个国营农场——在如林的帐篷里站定了脚跟！

怎样估价这笔财产呢？我感到困难万分，
当我写这诗篇的时候，机车和建筑物已经结队成群；
怎样测量这片土地呢？我实在力不从心，
当我写这诗篇的时候，绿色的麦垄还在向天边延伸。

这笔永恒的财产啊，而且是生活的指针！
它那每条开阔的道路呀，都像是一个清醒的引路人；
这片神奇的土地啊，而且是真理的园林！
它那每只金黄的果实呀，都像是一颗明亮的心。

请听：战斗和幸福、革命和青春——
在这里的生活乐谱中，永远是一样美妙的强音！
请看：欢乐和劳动、收获和耕耘——
在这里的历史图案中，永远是一样富丽的花纹！

请听：燕语和风声、松涛和雷阵——
在这里的生活歌曲中，永远是一样地悦耳感人！
请看：寒流和春雨、雪地和花荫——
在这里的历史画卷中，永远是一样地醒目动心！

我们后代的子孙啊，共产主义时代的新人！
埋在这片土地里的祖先，怀着对你们最深的信任；
你们的道路，纵然每分钟都是那么一帆风顺，
也不会有一秒钟——遗失了革命的灵魂……

未来世界的主人啊，社会主义祖国的公民！
埋在这片土地里的祖先，对你们抱有无穷的信心；
你们的生活，纵然千百倍地胜过当今，
也不会有一个早上——忘记了这一代人的困苦艰辛。

是的，一切有出息的后代，历史珍视革命先辈的遗训，
而不是虚设他们的灵牌——用三炷高香侍奉晨昏；
是的，一切有出息的后代，历来尊重开拓者的苦心，
而不是只从他们的身上——挑剔微不足道的灰尘。

……继承下去吧，我们后代的子孙！
这是一笔永恒的财产——千秋万古长新；
……耕耘下去吧，未来世界的主人！
这是一片神奇的土地——人间天上难寻。

       1962年

望星空

一

今夜呀,

我站在北京的街头上。

向星空瞭望。

明天哟,

一个紧要任务,

又要放在我的双肩上。

我能退缩吗?

只有迈开阔步,

踏万里重洋;

我能叫嚷困难吗?

只有挺直腰身,

承担千斤重量。

心房呵,

不许你这般激荡!——

此刻呵,

最该是我沉着镇定的时光。

而星空,

却是异样的安详。

夜深了，

风息了，

雷雨逃往他乡。

云飞了，

雾散了，

月亮躲在远方。

天海平平，

不起浪，

四围静静，

无声响。

但星空是壮丽的，

雄厚而明朗。

穹隆呵，

深又广，

在那神秘的世界里，

好像竖立着层层神秘的殿堂。

大气呵，

浓又香，

在那奇妙的海洋中，

仿佛流荡着奇妙的酒浆。

星星呵，

亮又亮,

在浩大无比的太空里,

点起万古不灭的盏盏灯光。

银河呀,

长又长,

在没有涯际的宇宙中,

架起没有尽头的桥梁。

呵,星空,

只有你,

称得起万寿无疆!

你看过多少次:

冰河解冻,

火山喷浆!

你赏过多少回:

白杨吐绿,

柳絮飞霜!

在那遥远的高处,

在那不可思议的地方,

你观尽人间美景,

饱看世界沧桑。

时间对于你,

跟空间一样——

无穷无尽,

浩浩荡荡。

二

呵,

望星空,

我不免感到惆怅。

说什么:

身宽气盛,

年富力强!

怎比得:

你那根深蒂固,

源远流长!

说什么:

情豪志大,

心高胆壮!

怎比得:

你那阔大胸襟,

无限容量!

我爱人间,

我在人间生长，
但比起你来，
人间还远不辉煌。
走千山，
涉万水，
登不上你的殿堂。
过大海，
越重洋，
饮不到你的酒浆。
千堆火，
万盏灯，
不如一颗小小星光亮。
千条路，
万座桥，
不如银河一节长。
我游历过半个地球，
从东方到西方。
地球的阔大幅员，
引起我的惊奇和赞赏。
可谁能知道：
宇宙里有多少星星，
是地球的姊妹行！

谁曾晓得：

天空中有多少陆地，

能够充作人类的家乡！

远方的星星呵，

你看得见地球吗？

——一片迷茫！

远方的陆地呵，

你感觉到我们的存在吗？

——怎能想象！

生命是珍贵的，

为了赞颂战斗的人生，

我写下成册的诗章；

可是在人生的路途上，

又有多少机缘，

向星空瞭望！

在人生的行程中，

又有多少个夜晚，

见星空如此安详！

在伟大的宇宙的空间，

人生不过是流星般的闪光。

在无限的时间的河流里，

人生仅仅是微小又微小的波浪。

呵，星空，
我不免感到惆怅。
于是我带着惆怅的心情，
走向北京的心脏——

三

忽然之间，
壮丽的星空，
一下子变了模样。
天黑了，
星小了，
高空显得暗淡无光，
云没有来，
风没有刮，
却像有一股阴霾罩天上。
天窄了，
星低了，
星空不再辉煌。
夜没有尽，
月没有升，
太阳也不曾起床。

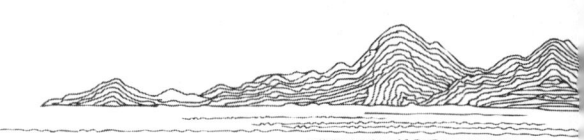

呵，这突然的变化，

使我感到迷惘，

我不能不带着格外的惊奇，

向四围寻望：

就在我的近边，

在天安门广场，

升起了一座美妙的人民会堂；

就在那会堂的里面，

在宴会厅的杯盏中，

斟满了芬芳的友谊的酒浆；

就在我的两侧，

在长安街上，

挂出了长串的灯光；

就在那灯光之下，

在北京的中心，

架起了一座银河般的桥梁。

这是天上人间吗？

不，人间天上！

这是天堂中的大地吗？

不，大地上的天堂。

真实的世界呵，

一点也不虚妄；

你朴质地描述吧,

不需要做半点夸张!

是谁说的呀——

星空比人间还要辉煌?

是什么人呀——

在星空下感到忧伤?

今夜哟,

最该是我沉着镇定的时光!

是的,

我错了,

我曾是如此地神情激荡!

此刻我才明白:

刚才是我望星空,

而不是星空向我瞭望。

我们生活着,

而没有生命的宇宙,

既不生活也不死亡。

我们思索着,

而不会思索的穹隆,

总是露出呆相。

星空哟,

面对着你,

我有资格挺起胸膛。

四

当我怀着自豪的感情,

再向星空瞭望。

我的身子,

充溢着非凡的力量。

因为我知道:

在一切最好的传统之上,

我们的队伍已经组成,

犹如浩荡的万里长江。

而我自己呢,

早就全副武装,

在我们的行列里。

充当了一名小小的兵将。

可是呵,

我和我的同志一样,

决不会在红灯绿酒之前,

神魂飘荡。

我们要在地球与星空之间，
修建一条走廊，
把大地上的楼台殿阁，
移往辽阔的天堂。
我们要在无限的高空，
架起一座桥梁，
把人间的山珍海味，
送往迢遥的上苍。

真的，
我和我的同志一样，
决不只是"自扫门前雪"，
而是定管"他人瓦上霜"。
我们要把长安街上的灯光，
延伸到远方；
让万里无云的夜空，
出现千千万万个太阳。
我们要把广漠的穹隆，
变成繁华的天安门广场，
让满天星斗，
全成为人类的家乡。

而星空呵,

不要笑我荒唐!

我是诚实的,

从不痴心妄想。

人生虽是暂短的,

但只有人类的双手,

能够为宇宙穿上盛装;

世界呀,

由于人的生存,

而有了无穷的希望。

你呵,

还有什么艰难,

使你力不可当?

请再仔细抬头瞭望吧!

出发于盟邦的新的火箭,

正遨游于辽远的星空之上。

1959年10月改成

郭小川
我爱的中国

祝酒歌（节选）
——林区三唱之一

三伏天下雨哟，

雷对雷；

朱仙镇交战哟，

锤对锤；

今儿晚上哟，

咱们杯对杯！

舒心的酒，

千杯不醉；

知心的话，

万言不赘；

今儿晚上啊，

咱这是瑞雪丰年祝捷的会！

酗酒作乐的

是浪荡鬼；

醉酒哭天的

是窝囊废；

饮酒赞前程的

是咱们社会主义新人这一辈!

财主醉了,

因为心黑;

衙役醉了,

因为受贿;

咱们就是醉了,

也只因为生活的酒太浓太美!

山中的老虎呀,

美在背;

树上的百灵呀,

美在嘴;

咱们林区的工人啊,

美在内。

斟满酒,

高举杯!

一杯酒,

开心扉;

豪情,美酒,

自古长相随。

祖国是一座花园，

北方就是园中的蜡梅；

小兴安岭是一朵花，

森林就是花中的蕊。

花香呀，

沁满咱们的肺。

祖国情呀，

春风一般往这儿吹；

同志爱呀，

河流一般往这儿汇。

党是太阳，

咱是向日葵。

广厦亿万间，

等这儿的木材做门楣；

铁路千百条，

等这儿的枕木铺钢轨。

国家的任务是大旗，

咱是旗下的突击队。

骏马哟，

不用鞭催；

好鼓哟，

不用重锤；

咱们林区工人哟，

知道怎样答对！

且饮酒，

莫停杯！

三杯酒，

三杯欢喜泪；

五杯酒，

豪情胜似长江水。

雪片呀，

恰似群群仙鹤天外归；

松树林呀，

犹如寿星老儿来赴会。

老寿星啊，

白须、白发、白眼眉。

雪花呀，

恰似繁星从天坠；

桦树林呀，

犹如古代兵将守边陲。

好兵将啊,

白旗、白甲、白头盔。

草原上的骏马哟,

最快的是乌骓;

深山里的好汉哟,

最勇的是李逵;

天上地下的英雄啊,

最风流的是咱们这一辈!

目标远,

大步追。

雪上走,

就像云里飞;

人在山,

就像鱼在水。

重活儿,

甜滋味。

锯大树,

就像割麦穗;

扛木头,
就像举酒杯。

一声呼,
千声回:
林荫道上,
机器如乐队;
森林铁路上,
火车似滚雷。

一声令下,
万树来归;
冰雪滑道上,
木材如流水;
贮木场上,
枕木似山堆。

且饮酒,
莫停杯!
七杯酒,
豪情与大雪齐飞;
十杯酒,

红心和朝日同辉!

小兴安岭的山哟,
雷打不碎;
汤旺河的水哟,
百折不回。
林区的工人啊,
专爱在这儿跟困难作对!

一天歇工,
三天累;
三天歇工,
十天不能安生睡;
十天歇工,
简直觉得犯了罪。

要出山,
茶饭没有了味;
快出山,
一时三刻拉不动腿;
出了山,
夜夜梦中回。

旧话说：

当一天的乌龟，

驮一天的石碑；

咱们说：

占三尺地位，

放万丈光辉！

旧话说：

跑一天的腿，

张一天的嘴；

咱们说：

喝三瓢雪水，

放万朵花蕾！

人在山里，

木材走遍东西南北；

身在林中，

志在千山万水。

祖国叫咱怎样答对，

咱就怎样答对！

想昨天：

百炼千锤；

看明朝：

千娇百媚；

谁不想干它百岁！

活它百岁！

舒心的酒，

千杯不醉；

知心的话，

万言不赘；

今儿晚上啊，

咱这是瑞雪丰年宣誓的会……

1962年12月，记于伊春
1963年2月1日—28日，写于北京

郭小川（1919—1976），原名郭恩大，笔名郭苏、伟倜等，河北丰宁人。著名诗人。"一二·九"运动后，积极投身于学生抗日救亡运动，是党领导下的民族解放先锋队文艺青年联合会的活跃成员。

为祖国而歌

陈　辉

我爱的中国

我，
埋怨
我不是一个琴师。

祖国呵，
因为
我是属于你的，
一个大手大脚的
劳动人民的儿子。

我深深地
深深地
爱你！

我呵，
却不能，
像高唱《马赛曲》的歌手一样，
在火热的阳光下，
在那巴黎公社战斗的街垒旁，
拨动六弦琴丝，

让它吐出

震动世界的,

人类的第一首

最美的歌曲,

作为我

对你的祝词。

我也不会

骑在牛背上,

弄着短笛。

也不会呵,

在八月的禾场上,

把竹箫举起,

轻轻地

轻轻地吹;

让箫声

飘过泥墙,

落在河边的柳荫里。

然而,

当我抬起头来,

瞧见了你,

我的祖国的

那高蓝的天空,

那辽阔的原野,

那天边的白云

悠悠地飘过,

或是

那红色的小花,

笑眯眯的

从石缝里站起。

我的心啊,

多么兴奋,

有如我的家乡,

那苗族的女郎,

在明朗的八月之夜,

疯狂地跳在一个节拍上,

你搂着我的腰,

我吻着你的嘴,

而且唱:

——月儿呀,

亮光光……

我的祖国呵,

我是属于你的,
一个紫黑色的
年轻的战士。

当我背起我的
那支陈旧的"老毛瑟",
从平原走过,
望见了
敌人的黑色的炮楼,
和那炮楼上
飘扬的血腥的红膏药旗,
我的血呵,
它激荡,
有如关外
那积雪深深的草原里,
大风暴似的,
急驰而来的,
祖国的健儿们的铁骑……

祖国呵,
你以爱情的乳浆,
养育了我;

而我,

也将以我的血肉,

守卫你啊!

也许明天,

我会倒下;

也许

在砍杀之际,

敌人的枪尖,

戳穿了我的肚皮;

也许吧,

我将无言地死在绞架上,

或者被敌人

投进狗场。

看啊,

那凶恶的狼狗,

磨着牙尖,

眼里吐出

绿色莹莹的光……

祖国呵,

在敌人的屠刀下,

我不会滴一滴眼泪,

我高笑,

因为呵,

我——

你的大手大脚的儿子,

你的守卫者,

他的生命,

给你留下了一首

崇高的"赞美词"。

我高歌,

祖国呵,

在埋着我的骨骼的黄土堆上,

也将有爱情的花儿生长。

献 诗
——为伊甸园而歌

陈 辉

我爱的中国

那是谁说

"北方是悲哀的"呢?

不!

我的晋察冀呵,

你的简陋的田园,

你的质朴的农村,

你的燃着战火的土地,

它比

天上的伊甸园,

还要美丽!

呵,你——

我们的新的伊甸园呀,

我为你高亢地歌唱。

我的晋察冀呵,

你是

在战火里

新生的土地,

你是我们新的农村。

每一条山谷里,

都闪烁着

毛泽东的光辉。

低矮的茅屋,

就是我们的殿堂。

生活——革命,

人民——上帝!

人民就是上帝!

而我的歌呀,

它将是

伊甸园门前守卫者的枪支!

我的歌呀,

你呵,

更要顽强有力地唱起,

虽然

我的歌呵,

是粗糙的,

而且没有光辉……

我的晋察冀呀，

也许吧，

我的歌声明天不幸停止，

我的生命

被敌人撕碎，

然而，

我的血肉呵，

它将

化作芬芳的花朵，

开在你的路上。

那花儿呀——

红的是忠贞，

黄的是纯洁，

白的是爱情，

绿的是幸福，

紫的是顽强。

陈辉（1920—1945），原名吴盛辉，湖南省常德县黑山尾村人。曾任晋察冀边区通讯社记者、平西涞涿县青救会宣传委员、县青救会主任、县武工队政委、区委书记等职。

绿 原

我爱的中国

诗 人

有奴隶诗人

他唱苦难的秘密

他用歌叹息

他的诗是荆棘

不能插在花瓶里

有战斗诗人

他唱真理的胜利

他用歌射击

他的诗是血液

不能倒在酒杯里

1949年元月

中国的风筝

绿　原

我爱的中国

从蚂蚁的地平线飞起

从花蝴蝶的菜园飞起

从麻雀的胡同飞起

从雨燕的田野飞起

从长翅膀的奔马扬起一蓬火光的草原飞起

带着幼儿园拍手的欢呼飞起

带着小学校升旗的歌曲飞起

带着提菜篮子的主妇的微笑飞起

带着想当发明家的残疾少年的誓愿飞起

带着一亿辆自行车逆风骑行的加速度飞起

飞过了戴着绿色冠冕的乔木群

飞过了传递最新信息的高压线

飞过了刚住进人去的第二十层高楼

飞过了几乎污染了云彩的煤烟

飞过了十次起飞有九次飞不起来的梦魇

望得见长城像一道堤埂

望得见黄河像一条蚯蚓

望得见阡陌纵横像一块棋盘

望得见田亩里麦垛像一枚枚小兵

望得见仰天望我的儿童们的亮眼像星星

说不定被一阵劲风刮到北海去

说不定被一行鸿雁邀到南洋去

说不定被一架喷气式引到外国港口去

说不定被一只飞碟拐到黑洞里去

说不定被一次迷惘送到想去又不敢去的地方去

飞吧飞吧更高一些飞吧任凭

万有引力从四面八方拉来扯去

只因有一根看不见也剪不断的脐带

把你和母体大地紧紧相连才使你像

一块神秘的锦绣永远嵌在儿时的天幕

——1990年代

绿原（1922—2009），原名刘仁甫，曾用笔名刘半九。湖北黄陂人。诗人、作家、翻译家、编辑家。七月诗派后期重要代表之一。曾获第37届斯特鲁加国际诗歌节金环奖。

悬崖边的树

不知道是什么奇异的风
将一棵树吹到了那边——
平原的尽头
临近深谷的悬崖上

它倾听远处森林的喧哗
和深谷中小溪的歌唱

它孤独地站在那里
显得寂寞而又倔强

它的弯曲的身体
留下了风的形状
它似乎即将倾跌进深谷里
却又像是要展翅飞翔……

曾卓（1922—2002），原名曾庆冠。笔名还有柳红、马莱、阿文、方宁、方萌、林薇等。原籍湖北黄陂，生于湖北武汉。著名诗人。1936年加入武汉市民族解放先锋队，武汉沦陷前夕流亡到重庆继续求学，并开始发表作品。曾任《长江日报》副社长、武汉市文联副主席、武汉市文协副主席。

你，浪花里最清的一滴

魏钢焰
我爱的中国

在这里，
我要唱一个人。

他不是将军，
却立了无数功勋；
他不是文豪，
却写下不朽诗文；
他如此平凡，如此年轻，
像一滴小小的春雨，
却渗透——
亿万人的心！

为什么呵为什么，
亿万人民的心里，
都念着这个
二十二岁士兵的姓名？

他呵，
是一滴水，
却能够

反映整个太阳的光辉!

他呵,

是刚展翅的鸟,

却能够

一心向着党飞!

他呵,

是才点亮的灯,

只不过每一分光都没浪费!

他呵,

是刚敲响的鼓,

却能把

每一声都化成雷!

呵,雷锋!

你不为自己编歌曲,

你不为自己织罗衣,

你不为自己梳羽毛,

你不为个人流一滴泪。

呵,雷锋!

你,《国际歌》里的一个音符,

你,红旗上的一根纤维;

你,花丛中的红花一瓣,

你,浪花里最清的一滴!

青春!

永生!

壮丽!

看列兵雷锋呵,

一步一个回声,

一步一支歌曲,

直响透——

未来的无穷世纪!

1981年5月

魏钢焰(1922—1995),曾用名魏开城,山西太原人,祖籍山西繁峙。当代诗人、散文家。

远去的帆影

牛 汉

我爱的中国

我是一叶帆

满是补丁的粗麻布帆

记不得离开港口已经有多久

但我知道

要到达彼岸还很远

很远

大海不给我岸

大海根本不相信有岸

我是帆

我相信海的尽头是岸

这是我那沉没在海底的

千万代祖先的遗言

我只能在波峰浪谷里挣扎

命运没有给过我安详的蓝天和平静的海面

飓风纠集霹雳、闪电和暴雨

撕裂着焚烧着我的单薄的布帆

倾斜的桅杆在痛苦地叫喊

缆索在暴风雨中悲壮地歌唱

海水飞腾起来冲刷我

我的浑身挂满晶亮的盐粒

那横劈竖砍的闪电

把我砍杀得鲜血淋漓

因此太阳沉没很久之后

在黑魆魆的大海上

我还在闪亮

在我的背后

遥远的岸上

人们在闪电中瞥见我

我小小的

一闪一闪的身影

人们说

雷电多么绚丽啊

霹雳多么柔和啊

人们说

我这远远的帆影姿态翩翩

我多么飘逸，多么神秘，多么魅人

人们哪里能看得清楚

我的呜呜叫的创洞

我在浪涛上

怎样匍匐前进

我变成海难者悼念的碑

动荡不宁的碑

闪电颜色的碑

大海时刻想吞没了我

因为我是一叶帆

我立在险恶的浪涛上

我永远比海高

我就是不沉的岸

牛汉（1923—2013），本名原为史承汉，后改为史成汉，又名牛汉，曾用笔名谷风，山西省定襄县人，蒙古族。现代著名诗人、文学家和作家，七月诗派代表诗人之一。

闻 捷

我爱的中国

流向晨曦、朝霞和太阳

啊，长江！

你这雪山和冰川的骄子，

远在第三纪那古老的摇篮里，

由于一个黎明的启示，你突然从梦中醒来。

如同神话所幻想那样：刚刚吸进母亲的乳汁，

你就迎着旋转的日月星辰和风雨雷电，

顿时成长为一个摇天撼地的巨人。

于是，你跳下昆仑山陡峭的万丈悬崖，

喷吐凛冽的泡沫，从花岗岩上腾空跃起。

你呐喊着，卷起千堆惊涛骇浪，

以你强劲的膂力，扫荡了横阻在脚下的山峦。

你叱咤着，以雷霆撕裂天穹的速度，

穿过唐古拉和巴颜喀拉紧紧扼守的峡谷，

洋洋洒洒，遨游青藏高原和四川盆地；

然后叩开夔门，挥去巫山的云雨，

浩浩荡荡，跨进了一望无际的平原地带。

长江啊，你可知平原欢呼你的到来，

为你闪开道路，列队在你的两翼？

从此，我们浑然天成的大地，

便分成了南北两片。

啊，长江！

你这来自青藏高原的巨人，

袒露你饱满的胸脯，鼓动你的肺叶，

淋洒着你那洁白的汗珠。

你日日夜夜汹涌着、澎湃着、呼啸着，

六千万年如一日地流着、流着……

流向你沉睡在昆仑山坳那段漫长的日子里，

——那日子该是多么孤寂而又苦寒哟！

你梦中曾经向往波涛万顷的大海，

因为：那是东方，那是晨曦，那是朝霞，

那是太阳驾驭着她的金马，乘着她的玉舆，

向你隆隆驶来的地方啊！

啊，长江！

你这大海的热烈仰慕者，

当你挺起胸膛，以你鼙鼓一样惊人的歌喉，

唱罢了战胜高原天险和巴东三峡的凯歌之后，

怎么又会用丝绸那样柔和的调子，

为我们广袤的平原唱起催眠的歌曲？

啊，原来你有严父的仪表、慈母的心肠。

你像所有善良的母亲一样，沿途拥抱你的儿女，

献出你那永不枯涸的甘美的乳汁，

哺养着我们的橘林、蔗田、菜圃和果园，
我们的稻禾、麦穗、豆荚和棉桃。
长江啊，你慷慨地抚养了我们伟大的祖先，
和我们伟大祖先的伟大后代。

啊，长江！
你这太阳的忠诚追求者，
永不回头地一直向东流着、流着……
流过一万多里千回百转的长途，
流过海拔三千公尺直下海平线的坎坷的河床，
流过像执戈的武士那样遥遥对峙的金山和焦山，
流过古代的东方，当代的丹徒；
——长江啊，你可知你正缓缓地流过我的家乡？
像经历过激烈搏斗的勇士，需要暂时的小憩，
在这里，你轻轻喘息着摊开了四肢，
拂去你从高山峻岭带来的沙尘，
抖掉你从原始森林里带来的草根和树叶，
以及你沿途带来的肥沃的黑土。
然后你就舒畅地晃动两肩，挺直身子，
扬起雄浑的歌声，急速向东奔去。
但是，就在你小憩的这个瞬间，
你却为我留下了一个又一个江心的沙洲，

——那些飞舞着芦花的荒滩哟！

啊，长江！

沸腾吧，欢唱吧，哗笑吧！

你所殷切向往的大海就在前面。

长江啊，快快地召唤太湖，携带着黄浦，

和沿途像乌桕根须那样分布的大大小小的河流，

像天竹果子那样茂密的有名或者无名的湖沼，

永不回头地一直向东流去吧！

大海就在前面了。

长江啊，晨曦将为你悬起银丝织成的帷幔，

朝霞将为你托出那闪着宝石色彩的斗篷，

而太阳也将伸出她发光的手指，

为你戴上一顶黄金的冠冕。

闻捷（1923—1971），原名赵文节，曾用名巫咸，江苏丹徒人。现代著名诗人。历任新华社西北总社采访部主任、新华社新疆分社社长，中国作协第二届理事、兰州分会副主席。

罗广斌
我爱的中国

我们也有一面五星红旗

我们有床红色的绣花被面，
把花拆掉吧，这里有剪刀，
拿黄纸剪成五颗明亮的星，贴在角上。
再找根竹竿，就是帐杆也罢！

瞧呀，这是我们的旗帜！
鲜明的旗帜，猩红的旗帜，
我们用血换来的旗帜！
美丽吗？看我挥舞它吧！

别要性急，把它藏起来呀！
等解放大军来了那天，
从敌人的集中营里，我们举起大红旗，
洒着自由的眼泪
一齐出去！

1949年

罗广斌（1924—1967），重庆忠县人。著名作家。为国民党军第十六兵团司令官罗广文的胞弟，著名物理学家杨振宁的学生。1948年被捕，囚禁在重庆中美合作所渣滓洞、白公馆集中营。是著名的革命小说《红岩》的作者之一。

回 延 安

贺敬之

我爱的中国

一

心口呀莫要这么厉害地跳,
灰尘呀莫把我眼睛挡住了……

手抓黄土我不放,
紧紧儿贴在心窝上。

……几回回梦里回延安,
双手搂定宝塔山。

千声万声呼唤你
——母亲延安就在这里!

杜甫川唱来柳林铺笑,
红旗飘飘把手招。

白羊肚手巾红腰带,
亲人们迎过延河来。

满心话登时说不出来,
一头扑在亲人怀……

二

……二十里铺送过柳林铺迎,
分别十年又回家中。

树梢树枝树根根,
亲山亲水有亲人。

羊羔羔吃奶眼望着妈,
小米饭养活我长大。

东山的糜子西山的谷,
肩膀上的红旗手中的书。

手把手儿教会了我,
母亲打发我们过黄河。

革命的道路千万里,
天南海北想着你……

三

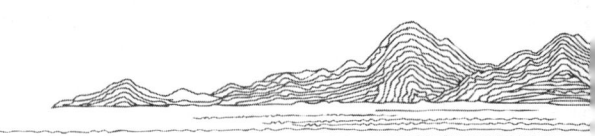

米酒油馍木炭火,
团团围定炕上坐。

满窑里围得不透风,
脑畔上还响着脚步声。

老爷爷进门气喘得紧:
"我梦见鸡毛信来——可真见亲人……"

亲人见了亲人面
欢喜的眼泪眼眶里转。

保卫延安你们费了心,
白头发添了几根根。

团支书又领进社主任,
当年的放羊娃如今长成人。

白生生的窗纸红窗花,
娃娃们争抢来把手拉。

一口口的米酒千万句话,
长江大河起浪花。

十年来革命大发展,
说不尽这三千六百天……

四

千万条腿来千万只眼,
也不够我走来也不够我看!

头顶着蓝天大明镜,
延安城照在我心中:

一条条街道宽又平,
一座座楼房披彩虹;

一盏盏电灯亮又明,
一排排绿树迎春风……

对照过去我认不出了你,
母亲延安换新衣。

五

杨家岭的红旗啊高高地飘,
革命万里起浪潮!

宝塔山下留脚印,
毛主席登上了天安门!

枣园的灯光照人心,
延河滚滚喊"前进"!

赤卫军……青年团……红领巾,
走着咱英雄几辈辈人……

社会主义路上大踏步走,
光荣的延河还要在前头!

身长翅膀吧脚生云,
再回延安看母亲!

1956年3月9日,延安

三门峡——梳妆台

望三门,三门开:
"黄河之水天上来!"
神门险,.鬼门窄,
人门以上百丈崖。
黄水劈门千声雷,
狂风万里走东海。

望三门,三门开:
黄河东去不回来。
昆仑山高邙山矮,
禹王马蹄长青苔。
马去"门"开不见家,
门旁空留"梳妆台"。

梳妆台呵,千万载,
梳妆台上何人在?
乌云遮明镜,
黄水吞金钗。
但见那:辈辈艄工洒泪去,
却不见:黄河女儿梳妆来。

梳妆来呵,梳妆来!
——黄河女儿头发白。
挽断"白发三千丈",
愁杀黄河万年灾!
登三门,向东海:
问我青春何时来?!

何时来呵,何时来……
——盘古生我新一代!
举红旗,天地开,
史书万卷脚下踩。
大笔大字写新篇:
社会主义——我们来!

我们来呵,我们来,
昆仑山惊邙山呆:
展我治黄万里图,
先扎黄河腰中带——
神门平,鬼门削,
人门三声化尘埃!

望三门,门不在,
明日要看水闸开。

责令李白改诗句:
"黄河之水'手中'来!"
银河星光落天下,
清水清风走东海。

走东海,去又来,
讨回黄河万年债!
黄河女儿容颜改,
为你重整梳妆台。
青天悬明镜,
湖水映光彩——
黄河女儿梳妆来!

梳妆来呵,梳妆来!
百花任你戴,
春光任你采,
万里锦绣任你裁!
三门闸工正年少,
幸福闸门为你开。
并肩挽手唱高歌呵,
无限青春向未来!

1958年

中国的十月

贺敬之

我爱的中国

中国的十月是一首诗

一首很长很长的诗

二万五千里只是其中的一行

乒乒乓乓的枪声

是它平平仄仄的节奏

留在雪山草地上的脚印

是它意味深长的韵脚

中国的十月是一杯酒

一杯很烈很烈的酒

只一口便让人热泪盈眶

如同那辣味很重的湖南话

只一句便让人热血沸腾

"中国人民从此站起来了!"

中国的十月是一幅画

一幅很大很大的画

北国的沃野是它苍茫的背景

南海的碧波映着它无底的景深

小岗村人悄悄写下的那份合同

是为它在天地间落下的长款

他们按下的那些鲜红手印
是最后为它打上了一枚枚防伪的印章

中国的十月是一首诗
写成它的是四万万人的热血
中国的十月是一杯酒
酿成它的是九百六十万平方公里的热土
中国的十月是一幅画
画成它的是阳光的油彩和月亮的水墨

中国的十月是一首诗
已写成了人类历史上光辉的一页
中国的十月是一杯酒
已陶醉了昨天的岁月和今天的节日
中国的十月是一幅画
已悬挂在了中国的门楣和世界的窗口

啊——中国的十月

贺敬之（1924—），山东枣庄市峄县（今山东枣庄市台儿庄）人。现代著名诗人、剧作家。十五岁参加抗日救亡运动，十六岁到延安入鲁迅艺术学院文学系，十七岁入党。1945年和丁毅执笔集体创作我国第一部新歌剧《白毛女》，获1951年斯大林文学奖。

火 星

啊，火星！火星！
你怎样点燃这亿万心灵？

我曾在阴暗的日子，在雨花台
看到胸口迸出的火星，
带着血，带着呐喊
一跃登上苍蓝的天庭。

就是这些辉煌的星星
用她深邃的光芒镌刻进亿万心灵，
于是，人们眼睛清亮了，
爱与憎截然分明。

我曾在墨黑的夜里，在山道上
看到马蹄溅起的火星，
那微弱的光，幽蓝幽蓝的，
梦幻般地飞舞，闪动。

她却照耀了进军的路，
扯破了黑暗的翳云，

于是，人们不再摸索，
希望燃起了热情。

我曾在荒凉的山村，在土灶前
看到荆柴燃起的火星，
玉米糊在锅里滚沸，
香味伴着笑语喧腾。

被爱和欢乐点亮的眸子，
像扑闪、飞迸的火星，
于是，人们不再孤独，
拿枪和不拿枪的手握得更紧。

啊，火星！火星！现在
你还应该去点燃人们的心灵！

尽管阴冷的风曾刮走暖意，
湿雾淫雨曾把你锁禁，
我还是看到你
喷吐出炽热的心胸。

有时和鲜血一同抛洒，

有时和呐喊一同飞迸,

有时是指甲在牢墙上划出,

有时是断了的声带的发音!

多少人是用溃烂的血肉

保护着胸中这一点微明;

多少人曾向冻凝了的心脏,

吹送过这一丝丝的温馨!

现在阴霾已经过去了,

春犁铲尽了坚冰,

祖国肥沃的黑土

呼喊着种子,呼喊着辛勤!

快铲去堆积的灰烬,

捧出那荧荧的火星——

那在战争年代和后来的日子

都曾燃烧过的心灵。

捧出保存下来的爱,

砥砺十多年的忠贞,

捧出你的坚韧、虔诚,

和你火焰般的激情。

去点燃啊，去焚烧啊，
每一个胸膛都有焦急的柴薪，
让火星迅速燎原，
让祖国在沸腾的呐喊中前进！

1981年

忠　贞

丁　芒
我爱的中国

没有疾风就不识劲草，
不至千里就难辨神骏，
华灯欢会，温煦如春，
从哪儿去辨识忠贞？

别以为款款软语温存，
都是从心底吐出的清芬；
别以为一万遍山盟海誓，
就有了一万分的忠贞。

美辞丽藻像水面鲜花，
有的并不在心中扎根，
趁风逐流，四处飘浮，
到哪儿都称贤道圣。

笑靥迎人似三春桃李，
将一片粉雾塞满乾坤，
目瞪神醉，迷离惝恍，
到哪儿去觅取纯真？

当腥风乍起，云满中天，
蝙蝠的翅影剪碎了黄昏；
当暴雨狂风席卷大地，
猩红的火舌里玉石俱焚。

当华美的大树已经倒地，
鞋底和唾沫污了清名；
当锒铛镣铐和风言冷语
把岁月搅得一片阴森。

失之毫厘会有千里之谬，
该怎样去抉择荣辱、死生？
是宁为玉碎，分负重轭，
还是但求瓦全，临难惜身？

在火里，心肺才能洞明；
在水中，骨头才显出浮沉；
风暴中，才识那铁枝的峥嵘；
冰雪里，才知那寒梅的浓芬。

十年浩劫，又加十年灾难，
这根尺量尽了天下的人，

也把脉脉的爱情面纱挑破,
虚假还她虚假,忠贞还她忠贞。

虚假固然不值一顾,
无非自私吞噬了灵魂,
但也有人落井下石,
用对方的鲜血装点新婚。

忠贞却最撼人肺腑,
是多少血多少泪凝成,
冰霜做她一身厚甲,
抵御了漫长的屈辱、困顿!

多少诱惑和耸听的危言,
环伺着捉襟见肘的青春,
该用尽了十八般兵器,
才保卫了骨骼里的坚韧。

当我经历了三冬的奇寒,
怎能不赞美这人世奇珍,
它像久藏深窖的佳酿,
令我倾心于它的芳醇!

坚贞，岂仅是个人品格的光辉，
它是我们民族的道德精神。
不要为几丝白发而怃然，
快一扫颓风还时代以青春！

丁芒（1925—），生于江苏南通。当代著名诗人、作家、文艺评论家、散文家、书法家。1946年参加新四军，肄业于华中建设大学。历任独立十旅、三十五旅、华野十二纵队及解放军第三十军政治部前线记者、编辑等。

我追随在祖国之后

梁 南

我爱的中国

我的足音,是我和道路终生不渝的契约,
是我亲吻大地得到的响应。
我渴求污垢不要沾染母亲的花裙,
难道是我过分?不!是人子爱她之深。
我愿做她驱使的舟楫和箭,水火相随;
我愿如驼队,昂首固执地穿越戈壁,
背负她沉重的美好,以罗盘做我的心。

渴望她优美的形象映红世界民族之林,
我探索风向标的误差,知足者的衰微;
探索人们对真理的怀念,对美学的虔诚;
思忖粉饰的反作用,偶像的破坏性能;
考核安乐椅的磨损力,先民们的艰辛;
查证狂欢时的失误,严谨时的繁盛;
研究实事求是的哲学,刚正不阿的本分……

我探索,拥抱阳光,栉风沐雨,
曾鲁莽,造次,也曾执着,认真,
时而在严肃中思考,时而在意料外欢欣;
我以惭愧去接受不幸,我走向沼泽,

深入茫无涯际的古林，蚊蚋如雾的处女地；
历经了种种炼火，我仍是母亲衣领上
一根纬线，时刻闻着她芬芳的呼吸。

我是滚滚波涛中微不足道的一滴水，
我是银河系中渺小的一颗星，
我是横越寒荒的天鹅翅上的一片毛羽，
我是组成驼铃曲中的短促一声……
昨天已经死去，明天即将诞生，
探索的岂止是我，是一支欢快的队伍，
一个自强的民族，我是走在最后的人。

我不属于我，我属于历史，属于明天，
属于祖国——花冠的头顶，风的脚步，太阳的心。
从黎明玫瑰色的云朵穿过，向远方，
如风吹，如泉流，如金鼓，如急钲，
一声呼，一声唤，一声笑，一声吟，
款款叩击着出生我的广袤大地，
这行进之音，恳切而深深，
像探索一样无尽……紧紧把祖国追随。

我是共产党员，我没有忘记

梁　南

我爱的中国

我是共产党员，我没有忘记，
没有忘记……

我纯洁。纯洁的岂止是我的衣衫躯体？
还有我的目光，我的思索，我的希冀。
没有愚昧的因袭，没有腐腥的痕迹，
我是探索的前驱，我是金玉的启明星。
我的摇篮由人民交织的手臂编就，
我的褓褓由人民期待的眼光织成。
我不准，不准
任何人盗窃人民一根毫毛去做交易，
如果有一只强盗的手向空间高举，
我会砍掉它，即使我的也被砍去。

我是共产党员，我没有忘记，
没有忘记……

也许我有不幸有痛苦有悲剧，那只是
寄生在理想上的虫蚁，我会用春水梳洗。
幸而我一切痛苦欢欣都和大家连在一起，

因为，我的血管仍在母亲党的怀里。

我不归属昨天，我不归属旷古的坟茔。
我是不竭的流泉，我是永远萌芽的力，
我是刚点燃的火炬，我是人人吮吸的空气。
我厌恶世俗的享乐，我憎恨掮客的哲理。
共产党人的品质宛如美丽的初雪，
我制止在上面书写一切污秽的字句。

我是共产党员，我没有忘记，
没有忘记……

我应该是一棵树，发出春天的消息；
我应该是一丛花，芬芳中国的环境；
我甚至是寒微的草，恳切地匍匐着，
为着抚爱我的至亲——人民的大地。

当我成熟为一粒红色的种子，信仰，
就构成我生命的属性，我生我长，
信仰把我滋润，使我终生在赶追求的目的。
我不选择轻便的熟路前进，我不！
如果我觉得我的理想属于真理，

即使踏着刀尖，我也走去。

我是共产党员，我没有忘记，
没有忘记……

我是从古猿人以来最有远见的人群，
我的视线透过蔓芜的世界历史，
看到一代代被笞红的驼背到我才停止，
但还有贫民窟的荒唐，乞丐的泪，苦力的血……

啊！共产党员，这不是桂冠，不是封爵，
这是先烈穿越血火时用灵魂铸造的旗！
当我记得我是一个特殊材料制造的人，
我在绞刑架上笑，我在逼近的刺刀前挺起，
我崇高是由于脚底真理为我奠基，
我无敌是由于我来自战斗的群体……

我没有忘记：我是共产党员，
没有忘记……

梁南（1925—2000），四川峨眉人。1949年参军，历任六十七军新华支社职员，一九九师政治部干事，华北军区空军政治部宣传部助理，军委空军政治部记者，《北方文学》杂志编辑部主任等。

李 瑛

我爱的中国

我的中国（节选）

我们古老民族的儿女和后裔，
散布在千帆之外，
在世界各地如满天星斗。

他们不是流浪境外的云，
也不是那没有家的风，
无论走到哪里，
都会用一双眼睛望着东方，
并且都能够听得到东方大陆上
那棵大树的声音。

他们虽住在异域
高楼大厦的城市，
心里总系念着黄河边
乱山漩涡的小村
和他那永远长不大的
沾有乳香的乳名。

当一天工作结束

回到家里，坐在阳台上，
总在怀念，
听惯羌笛的长城和有羊皮筏子的黄河，
总会想念，
生长甜甜的甘蔗和苦苦菜的祖国。
遥远但却满怀亲情的
憨厚的祖国。

时间是一堵厚厚的墙，
谁都不能够再回去，
可是在他们的舌尖上或者舌根上，
雀巢咖啡、可口可乐，
总不如龙井和茉莉茶的韵味；
西式的甜饼，
总不如家乡的水饺。

春节时，他们怀念，
冰雪映照下，
通红的春联，
像全家人团聚的笑脸；
元宵节时，谁都记得，

奶奶为糯米元宵
点红的情景。
这个时候会有多少失眠的琴,
失眠的灯,
失眠的笔,
失眠的枕头。

像树叶怀念着树根,
石头怀念着大山,
在他们的语言深处,
总有那挣脱不掉的
埋在那热土中
流动在舌尖上
千年不改的乡音。

夜半梦回,
想起故乡,
常会想起苦味来,
想出泪,
想出血,
想出胆汁来。

既然他们的血液里有着黄河长江的基因,

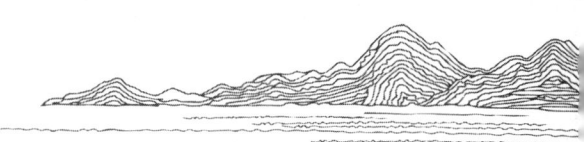

那么，他们就知道

自己的脊梁应该像泰山、黄河，

永远保持着尊严和美好信念。

他们都知道我们的祖先曾经有过何等的辉煌，

他们更没有忘记在一八四〇年以后，

我们民族曾多少年地受凌辱。

如今，他们一呼百应，异口同声，

最想参与的合唱，依旧是：

"歌唱我们伟大的祖国，重新走向繁荣富强。"

在远山那边，

大洋那边，

有他们的安息之地，

有石碑和花朵；

在迢迢异乡，

他们并没有熄灭自己，

始终受到那里人们的尊敬和感谢。

这种真实的存在，

深刻地影响了全世界的精神领域，

使人类的文明更璀璨、更成熟、更美丽。

祖国啊，这是你的骄傲。

李 瑛

我爱的中国

向 东 方

一

望着浩浩荡荡的长江
望着只能让人想起生命的长江
但毕竟我们有的勇士已经死亡
只留下他们同一声呼喊
"向东方!"
"向东方!"发自副副滚烫的胸腔
"向东方!"在重峦幽谷回荡
征服戈壁瀚海的苍凉
前面便是莺飞草长花香
震颤中国大地的每根神经
三个字,喊出开拓者无畏的形象

二

历史啊,可曾看见
这些勇士锋利的目光
穿透人间全部的
卑怯、懦弱和恐慌
没有舵,没有桅,没有锚
他们乘一只小艇漂流

却比威武的舰队更雄壮

没有舵，心中有不屈的信念

没有桅，头下有坚强的脊梁

在飞泻江流中

巍然屹立的勇士啊

用牙齿紧咬着狂飙雷阵

强劲的大手挽着脱缰的骇浪

他们迎着风暴狂涛

用干裂的嘴唇和旗一起歌唱

看！这就是真正的生命

真正的生命比大江更久长

三

呵，生活！呵，未来！呵，理想

为了认识你，为了追求你

为了献给你执着的爱和向往

他们用头颅支撑着天空

双脚要踏平风雨的大江

六千里灰褐

六千里浑黄

六千里苍凉的星斗

六千里泼血的霞光……

十三亿颗心已几次死去

十三亿双脚仍紧随他们向前方

四

礁滩，潜流，险涌，恶浪
在搏斗中，人们发现
自己的尊严
在尊严里，人们看见
生命的力量
向东方！东方有潋滟万顷的大海
向东方！东方有喷薄的太阳

迎风挥泪的悲愤的屈子啊
转身回望你的子孙吧
这不正是他们——
一个不屈的民族
从远古走到今天
又从今天走向未来的
形象

　　李瑛（1926—2019），河北省丰润县人。中国当代著名诗人。曾任解放军总政治部文化部部长、中国作家协会主席团委员、中国文艺界联合会副主席等职。

祖国颂（节选）

张志民

我爱的中国

一

大海呵——

举起了晨曦！

旭日呵——

烧红了天际！

时间发着巨大的声响

——掠过苍穹！

晨钟像春天的雷鼓

——响彻大地！

看！看呵！

从康藏高原到大兴安岭，

所有的森林

都化作了——

风摇云滚的旗海！

看！看呵！

从南海渔港到西北盆地，

所有的云片

都化作了——

五彩缤纷的花絮！

我们的人民呵！
从没有过今天这样的欢乐，
祖国的天空呵！
从没有过今天这样瑰丽！
…………

二

我欢呼呵！
欢呼那雄伟的昆仑山
——你峻岭摩天，
你层峦叠嶂。
高扬起你的头颈，
用日月做你的桂冠；
敞开你巨大的胸怀，
在每一个褶皱里，
都放得下一个海洋！
岩石是你的骨骼，
绿树是你的脸膛。
雄伟的昆仑山呵！
你庄严地站在那里，
送走了多少严峻的岁月；

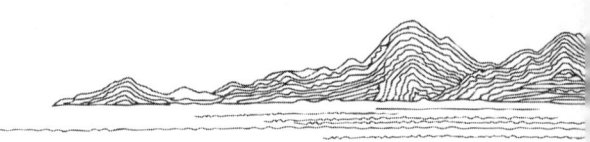

你庄严地站在那里,

永远是我们民族的形象!

我欢呼呵!

欢呼那汹涌的黄河

——你金浪滚滚,

你举天直上。

是你那母亲的胸怀呵,

孕育了我们的古老文化;

是你巨大的手臂呵,

描画出那许多城市和村庄。

雄狮比不了你的威武,

海涛比不了你的豪放。

汹涌的黄河呵!

你的激流

永远是我们前进的

——进行曲!

你的鼓声

永远是万代子孙的

——大合唱!

我欢呼呵!

欢呼那富饶而秀丽的江南
——白帆迎着细雨,
黄莺舞着柳浪。
我爱那绣金的蝴蝶,
你悄悄地捕捉着竹影;
我爱那清脆的蛙鸣,
是你唱出那"鱼米之乡";
我喜欢那稻田的流水,
是你染出那碧绿的大地,
使每一块田畦
都成为丰收的沃土。
我喜欢那美丽的杭州,
鲜花的城市呵!
你为祖国的春天
增添了多少芳香!

我欢呼呵!
欢呼那英雄而质朴的北方
——长岭托着云朵,
冽风撕着早霜。
用长城做尺度
才能计量你的宽广,

用东海做喉咙

才配为你而歌唱。

我喜欢那塞外的冰雪呵

是你用巨大的手掌

把包钢的大烟囱

——插入了云霄!

我喜欢那华北平原的播种机,

是你一针一针地

用闪光的麦穗编成那

——金色的海洋。

我欢呼呵!

欢呼我们美丽的边疆。

我喜欢那草原的帐篷

　——像天空洒下的花朵。

我喜欢那戈壁的驼队

　——用铃声迎着晨光。

我喜欢那大苗山的芦笛,

　——只有你美妙的声音

才能吹动姑娘的心弦。

我喜欢那藏胞的长弓

　——你能射天空的雕鹗,

也能射雪山的豺狼……

三

祖国呵！我的母亲！
当我亲吻着你的面颊，
也望见了你脸上的泪痕。
你说——
过去了的让它过去吧。
不！要把它留给我们，
让它作为母亲的传记，
作为我们的课本……
不就在童年的时候吗？
祖母曾这样告诉我们：
说盘古怎样开辟了天地；
我们是黄帝的子孙，
说我们曾有过"唐虞盛世"，
极乐的时代"尧舜"……
多么美丽的神话呵！
像多少美丽的雁群，
可她刚刚飞向我的怀抱呵！
一条沉重的锁链——

又紧紧地、紧紧地

锁住了我幼小的心……

站在家乡的山顶

我向那汨罗江发问：

怎么能说——

屈原是投江"自殉"？

不呵，不呵！

是那昏暗的天日

杀死了我们伟大的诗人！

严冬添着苦难，

风雪敲着柴门！

油灯已经干了，

老爷爷仍把着那本唐诗，

沉吟着杜甫的诗句：

——故国悲寒望，

群云惨岁阴……

水旱灾荒，

暴主昏君，

戴着王冠的

——刽子手，

挂着十字架的
——侵略军。
"扬州十日"的屠杀
邵伯湖——
将永记那场灾难,
圆明园的废墟,
永远是羞辱的烙印。

关山啊！你满目愁云,
在你憔悴的脸上,
盖满了凄伤的苦难;
河水呵！你悲鸣哀号,
只听你日夜泣诉,
听不到你的琴音……
祖国呵！我的母亲!
就是这些记忆呵,
搅拌着黄河的乳汁,
灌溉了——
你多难的土地,
喂养了——
你英雄的人民。

狂风呵!

你吹不散人民的歌!

烈火啊!

你烧不死人民的心!

从陈胜吴广到洪秀全,

从孙中山到方志敏……

那是多少英雄的儿女呵!

他们在风雪中站起!

他们在烈火中挺身!

起来,倒下,

倒下,起来……

当双手被缚住时,

他们用愤怒

制成钢刀——

劈向那罪恶的世界;

当头颅被砍下时,

他们用鲜血

铸成宝剑——

击向那黑暗的闸门!

那是多少个人呵,

那是多少颗心!

南京的雨花台，

重庆的"白公馆"，

每一条山路呵

都是用碧血铺成，

每一颗石子呵

都是一颗忠魂！

那是多少个人呵，

那是多少颗心！

长白山里，

长征道上，

那最高大的岩石

都是——

英雄的塑像！

那常青的绿树

都是——

先烈的化身！

英雄的里程碑呵！

为着你的诞生，

我们走过了多么漫长的血路，

就是在这条血路上呵！

终于把你的基石

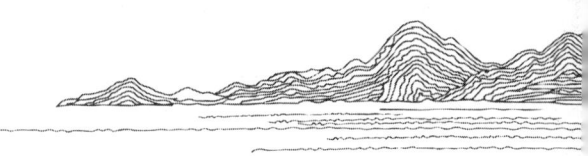

——奠立在南湖船头,

奠立在井冈山,

奠立在天安门!

英雄的里程碑呵!

为着你的诞生,

我们付出了多么高昂的代价!

当我听到

中华人民共和国

开国大典的——

第一声庄严的礼炮时,

怎能抑制住满眶的热泪呵!

让它流吧!流吧!

因为再没有什么语音

能比它更加热烈

——更加深沉!

张志民(1926—1998),河北宛平(今属北京)人。当代著名诗人。1938年起在平西参加抗日革命工作,历任华北军区政治部文化部专业创作员,群众出版社副总编辑,《北京文艺》主编,北京作家协会副主席,中国诗歌学会副会长等职。

公刘
我爱的中国

五月一日的夜晚

天安门前，

焰火像一千只孔雀开屏，

空中是朵朵云烟，

地上是人海灯山，

数不尽的衣衫发辫，

被歌声吹得团团旋转……

整个世界站在阳台上观看，

中国在笑！

中国在舞！

中国在狂欢！

羡慕吧，

生活多么好，

多么令人爱恋，

为了享受这一夜，

我们战斗了一生！

1955年5月

致黄浦江

在小学的地理课本上,
我就认识了你,黄浦江!
那时候,海盗的舰队横冲直闯,
黑色的炮口瞄准了中国的门窗。

数不清的"总督"和"帮办",
把秦砖汉瓦黄金白银一齐搬进船舱,
烂醉如泥的外国水兵,
用猥亵的目光打量着你洁白的胸膛……

当我知道了这一切,黄浦江!
我哭了,我把眼泪交给你储藏;
我去当了一名为自由而战的兵士,
于是,今天有权写下这骄傲的诗行。

1956年10月6日

公刘(1927—2003),原名刘仁勇,又名刘耿直,江西南昌人。当代著名诗人、作家。

我爱我的祖国

我爱

我的祖国。

我的祖国,

是我生下来

睡的摇篮;

是我第一天上学去

走过的石子路;

是我在少年宫

乘过的

旋转上升的火箭;

是营火晚会

熊熊燃烧的篝火……

我爱

我的祖国。

我的祖国,

是吐鲁番的葡萄,

哈密的瓜;

是海南岛的菠萝,

胶东的苹果;

是关中平川

雪白雪白的棉花;

是长江两岸

金黄金黄的稻谷;

是青藏高原

胖墩墩的牦牛和绵羊;

是大兴安岭、小兴安岭

笔直笔直的云杉和红松;

是集市上

一堆一堆的竹笋,

一篮一篮的鸡蛋;

是百货公司里

一个个

大眼睛的布娃娃,

一件件

花蝴蝶般的连衣裙……

我爱

我的祖国。

我的祖国，

是东海

渔船的点点白帆；

是西山

晚霞中的片片红叶；

是龙井

兰花般浓郁香味的绿茶；

是景德镇

蛋壳般透明的瓷器；

是黄河的浪涛汹涌，

长城的巨龙奔腾；

是云冈石窟的庄严，

敦煌壁画的绚丽……

我爱

我的祖国。

我的祖国，

是屈原的诗歌，

鲁迅的文章；

是张衡的

候风地动仪，

陈景润的

数学皇冠的明珠；

是女排姑娘

赢得世界冠军的金牌，

登山队员

插上珠穆朗玛峰的

五星红旗……

我爱

我的祖国。

我的祖国，

是边防哨所战士

枪口的准星；

是港口领航员

帽檐上的国徽；

是国徽上

天安门晴湛湛的蓝天，

蓝天下的鸽哨，

鸽子回翔的华表

和堆满鲜花的

人民英雄纪念碑……

我爱

我的祖国。

我的祖国,

是描绘现代化蓝图的纸,

是指引前进方向的

罗盘,

是传播文明的

活字印刷;

是庆祝节日

用火药制成的

噼噼啪啪的鞭炮,

和向夜空喷洒的

五彩缤纷的礼花……

我爱

我的祖国。

我的祖国,

是我爷爷

播种庄稼、

栽培果树的

九百六十万平方公里的大地；

是我爸爸

装卸集装箱、

吊放水泥预制板的

一百多米高的起重机；

是邻家叔叔、婶婶

修建一幢一幢

单元住房

天天升高的脚手架……

我爱

我的祖国。

我的祖国，

是用儿歌

催我熟睡的奶奶；

是用乳汁

喂我长大的妈妈；

是教我认读拼音字母、

学会＋－×÷的老师；

是让我戴上红领巾

听我回答"时刻准备着"的

辅导员……

我的祖国
就是这……
一切。

我爱
我的祖国。

我爱我
又古老
又年轻的……
祖国。
我的祖国
正在走向振兴,
走向富庶。

为了祖国的强盛,
人民的安康;
为了祖国的繁荣,
人民的幸福;
为了祖国的
社会主义现代化,

人民的明天、

后天

和未来……

祖国啊

祖国，

请告诉我，

吩咐我，

命令我——

一个少先队员！

我，

应该做些什么

来光大

我的

祖国？

田地（1927—2008），原名吴南薰，曾署其他笔名萧谷、吴蓝、吴岚、夏黍、叶影等。浙江奉化人，生于杭州。1944年在师范求学时，开始习作杂文、散文、小说、诗歌、童话等，其诗作得到臧克家、王辛笛等著名诗人的赞赏与重视。中华人民共和国成立前曾从事多年教师工作，中华人民共和国成立后长期从事少年儿童书刊编辑工作。

韩笑

我爱的中国

教我如何不爱她

日出泰山，月落三峡，
漓水恋奇峰，平湖醉彩霞……
啊，心房里珍藏着千年的画，
教我如何不爱她！

鱼闹东海，鸟唱西沙，
塞北萧萧马，岭南艳艳花……
啊，热血里激荡着唐宋的诗，
教我如何不爱她！

浪拍虎门，雨洗雁塔，
惊雷响戈壁，祥云照拉萨……
啊，满眼里闪耀着先烈的梦，
教我如何不爱她！

风舞红旗，泪洒天涯，
长城迎嘉宾，熊猫传情话……
啊，遍体的伤疤抬起了头，
教我如何不爱她！

南　昌

韩　笑

我爱的中国

像孩子探望亲娘，
顶炎阳赶到南昌。

刚进入梦乡，
就听见炮轰，
就望见火光……
啊，怎么？
起义的枪声
又提前打响？

慌忙起床
找不到
绿色军装……
急一身热汗
才忽然醒悟
我已"离职休养"！

雨暴风狂敲门窗，
八一大道上
进军的灯火

一行行……
像是欢迎我,
来吧,老兵!
没有军装,
照样歌唱!

韩笑(1929—1994),吉林省吉林市人。著名长跑诗人。1946年参加革命,1951年入党。历任广州军区边防守备营副政治教导员,广州军区政治部文化部副部长、宣传部副部长、政治部研究室正师职研究员等。曾获解放勋章、胜利功勋荣誉章。

周总理，你在哪里

柯 岩

我爱的中国

周总理，我们的好总理，

你在哪里呵，你在哪里？

你可知道，我们想念你，

——你的人民想念你！

我们对着高山喊：

周总理——

山谷回音：

"他刚离去，他刚离去，

革命征途千万里，

他大步前进不停息。"

我们对着大地喊：

周总理——

大地轰鸣：

"他刚离去，他刚离去，

你不见那沉甸甸的谷穗上，

还闪着他辛勤的汗滴……"

我们对着森林喊：

周总理——
松涛阵阵：
"他刚离去，他刚离去，
宿营地上篝火红呵，
伐木工人正在回忆他亲切的笑语。"

我们对着大海喊：
周总理——
海浪声声：
"他刚离去，他刚离去，
你不见海防战士身上，
他亲手给披的大衣……"

我们找遍整个世界，
呵，总理，
你在革命需要的每一个地方，
辽阔大地
到处是你深深的足迹。

我们回到祖国的心脏，
我们在天安门前深情地呼唤：
周——总——理——

广场回答:

"呵,轻些呵,轻些,

他正在中南海接见外宾,

他正在政治局出席会议……"

总理呵,我们的好总理!

你就在这里呵,就在这里。

——在这里,在这里,

在这里……

你永远和我们在一起

——在一起,在一起,

在一起……

你永远居住在太阳升起的地方,

你永远居住在人民心里。

你的人民世世代代想念你!

想念你呵,想念你,

想念你……

柯岩(1929—2011),原名冯恺,出生于河南郑州,当代著名作家、女诗人,诗人贺敬之之妻。

严 阵
我爱的中国

英雄碑颂

走过天安门广场的同志：停下脚，
请抬起头来仰望，请脱帽，
欢乐和幸福吗？暂且把它忘掉，
英雄碑前，要静悄悄……

风雨交加之日，你会听到黄河咆哮，
它二十年代的巨浪，似雷滚电啸！
云霭迷离之夜，你能听见长江怒号，
它三十年代的狂涛，如地崩山倒！
霜露压肩，你会听到巴山竹笛，
冰雪掩足，你能听见中原洞箫！
松风起时，你会听到角号裂耳，
霹雳过处，你能听见车轮暴跳！

月光朦朦，碑下走着方志敏，
哗啦，哗啦，是他脚上沉重的铁镣！
曙光微微，碑前站着李大钊，
他那灰色的长衫，被薄雾笼罩！
灯影里，殷夫的笔还在沙沙作响，
星光下，叶挺的剑正在嚓嚓出鞘！

不死的王孝和还怒视着阴森的枪口，
忠贞的刘胡兰正迎向那血染的铡刀！

啊！风沙漫漫，漫漫风沙，
风沙里时有时无的是森林般的长矛！
啊！雨雾茫茫，茫茫雨雾，
雨雾中若隐若现的是火焰般的梭镖！
啊，大渡河的波涛上，弹光万道，
啊，金沙江的激流里，桨橹如搅！
五指山——红云，长白山——银袍，
多少英雄冲杀声，全在这碑前缭绕！

啊，浩浩南京路，迢迢咸阳道，
多少愤怒的步伐被套上镣铐！
啊，青青雨花台，寂寂龙华塔，
多少钢铁的胸膛在血泊里仆倒！
啊，古黄鹤楼留下多少志士足迹，
啊，新宝塔山熟悉多少英雄面貌！
刀山——渣滓洞，火海——上饶，
多少同志的鲜血，织成这霞光如潮！

井冈山下炮火初歇赤卫队员还在放哨，

听：一步一步，葛鞋踏着雨后的春草！
湘江岸边红叶簇簇起义农民正磨战刀，
听：一声一声，涛音衬着豪迈的谈笑！
冀中平原青纱帐里游击健儿正在埋伏啊，
江南水乡绿柳丛中将军战马正在长啸！
逐鹿中原啊，每一条道路都在抖动，
横渡长江啊，每一朵浪花都在燃烧！

平汉路上汽笛长鸣罢工工人拥上轨道，
看：呼啦啦，平地卷起了红色风暴！
上海街头呼声震天爱国学生走出学校，
看：轰隆隆，半空中滚来了愤怒浪潮！
二月重庆花前，谁在细声说着联络暗号，
八月南京月下，谁用铅笔轻轻触着电稿！
绞绳千条啊，绞不尽星火燎原，
铁锁万把啊，锁不住阳光普照！

老同志们：听到你战友的声音吗？
新同志们：可听见你前辈进军的号召！
做妻子的：听听丈夫最后的怒吼吧，
做丈夫的：听听妻子高呼的口号！
做儿女的：听听父母的慷慨悲歌吧，

做父母的：听听儿女热血的呼啸！
多少没有说完的话在烈士胸中奔腾啊，
你要听吗？英雄碑前能够听到！

北国千山，山山都在这碑前聚，
南方万水，水水都在这碑前绕！
啊，多少皮鞭多少枪弹多少棍棒刺刀，
啊，多少眼泪多少仇恨多少血的忠告！
为了今天，先辈们曾付出了多大的牺牲啊，
为了明天，我们肩头的分量该有多少！
好好记取吧：我的同志！我的同胞！
万代莫忘啊：六万万个男女老少！

走过天安门广场的同志：停下脚，
请抬起头来仰望，请脱帽，
烈士们的目光正瞧着我们啊，
英雄碑前，不是静悄悄……

严阵（1930—），原名阎桂青，山东莱阳人。中国当代著名诗人、作家和画家。历任《胶东日报》编辑、安徽省文艺创作研究室副主任、《清明》副主编、《诗歌报》主编等职。

王辽生
我爱的中国

探　求

亿万探求者不断求索，
于荆棘中把路开拓，
之所以手握刀剑，
只因为脚下坎坷。

刀剑煅于烈火，
热血腾若江河，
生命虽是珍贵的色彩，
为祖国涂抹何须斟酌。

二十二年前的"探求者"啊，
走着呢还是已经安卧？
只要船身是钢铁造成，
就不会朽，也不会中途停泊。

如果人人都无所探求，
真理何日捕获？
但愿为探求而受难的人，
宽慰于演完最后一幕。

多少才华熄灭了光柱,
多少星辰不再闪烁;
历史最怕回头去看,
一看更教人惊心动魄!

但是请相信, 请相信吧。
有爱情就不会沦落,
活着为祖国探路求春,
死了为祖国填沟补壑。

一旦阳光从高天洒泻,
该复活的就全都复活;
顽固不化的探求者啊,
生死跳一个爱的脉搏。

须发不经流年磨,
确乎白了许多;
心没有白, 血没有白,
且捧给四化的滚滚雄波!

做推波助澜的风,
做风水迸溅的泡沫,

或者化青春为一片硬土，
铺河床供激涛涌过。

啊，一如这波涛不可抗拒，
探求的权利不可剥夺；
让我们高举探求的刀剑，
教全球惊看中国！

王辽生（1930—2010），辽宁辽阳人。1958年毕业于解放军文化师范学院中文系。1949年参军，历任解放军第十二军文工团创作员，《绿风》诗刊副主编，江苏新沂市文联副主席。

轻！重！

隐入绿色的边境森林，
谁能比边防军士兵更轻？
萤火虫飞过去也要闪亮一星星火光，
蝴蝶翩翩起舞也要扬起霏细的花粉；
我们活跃在深深的林海里，
就像是一群无声又无息的黑影。

迎着黑色的骤雨狂风，
谁能比边防军士兵更重？
千年不化的冰川也会在雷电中崩裂，
万年凝固的雪山也会在暴风雨里震动；
我们站立在神圣的国境线上，
每一个哨岗都是一座不移的山峰！

白桦（1930—2019），原名陈佑华，出生于河南信阳，著名作家、编剧。1947年参加中原野战军，任宣传员；1961年调上海海燕电影制片厂任编辑、编剧；1964年调武汉军区话剧团任编剧；1985年转业到上海作家协会任副主席。

祖国——我生命的土壤

祖国——我生命的土壤，

是你养育了我，

我生身的母亲，

你的儿子整个身心眷恋着你，

犹如灯蛾之迷恋光明。

我把党视若灯塔，奉为舵手，

是她指引着我生命的航程，

纵马投入她所领导的战斗，

就像参加婚礼一样欢欣沸腾。

多么自豪啊，

我竟能成为时代的一名乐师和歌手，

这激情的岁月，

它充满了新世纪的光荣和妖娆。

哪怕是一分钟失去你的爱、失去自豪感，

即便在"天堂"里悠游，

对我无异于在地狱中生存。

祖国有灿烂的历史,

她的土地是一部浩如烟海的百科全书,

从她的每一页中,

都能汲取到千帙万卷的深刻的学问。

在我的一生中,

倘若不能继承她那伟大的历史禀赋,

奴颜婢膝地苟活,

还不如为她壮烈地牺牲。

祖国的每一粒沙土,

对于我都贵若明珠, 珍如拱璧,

即使跋涉在她的戈壁滩上,

我也感到环绕我的有花丛绿阴。

祖国的每一滴水都犹如甘露醍醐能使我沉醉,

我毫不企慕那麦加的圣水,

哪怕它真的能延年祛病。

无论我走到哪里,

都在母亲温暖的怀抱之中,

不管是和田、唐山,

还是太行山麓、渤海之滨……

让我去异国享用王侯的袍笏,
我也会感到不是滋味,分外拘谨。
在祖国哪怕是衣衫褴褛,
我也觉得熨帖自在,踏实舒心。

祖国的恨就是我的恨,
祖国的爱就是我的爱,
她的任何烦恼郁闷,
都会牵动我的根根神经。

谁对她友好,
我对谁报之以充满友谊的盛情款待,
谁想伤害她,
我就会变成插进谁胸膛的一柄利刃。

即使处于艰难踬仆之中,
我仍然感到舒畅,
充满乐趣,
满腹牢骚,
无病呻吟,

只能使我深深违背自己的良心。

祖国的今天在嫣然微笑，
明天的幸福将使她笑得更加美好，
她给了我一双明亮的眼睛，
我怎能看不见她光明的前景？

我有权利像拥抱情人一样热烈拥抱那更美好的明天，
因为，我也曾用自己的胸膛为她抵御过进攻她的寒冷。

对于背叛她的负心之徒只要一旦被我撞见，
我将唾其面、斥其谤，
看他如何回答我的质问。

这是何等巨大的幸福，
当母亲亲昵地称我为"心爱的儿子"，
这是何等巨大的幸福，
世界上还有什么比这深沉的母爱更为温存！

倘若我在一生中能为她流血流汗，
使她感到慰藉和满意，
那就比活了一百次、一千次还使我感到幸运和欢欣。

你们尽可以说我依然活着,
即使我已双目紧闭咽了气,
因为我仍能感到她的体温,
虽然我已躺进祖国的土地上我的故茔。

母亲啊,快把重担驮在我的背上吧,
我是为你准备好的一匹马,
我甘愿为你负载驰驱,
哪怕是驮上一座层峦叠嶂的山岭。

祖国,有了你才有我,
没有你哪会有我的生命,
因为,我同你,
伟大的母亲,共有一条命,共有一颗心!

铁依甫江·艾力耶甫(1930—1989),新疆霍城人,维吾尔族著名诗人。曾任新疆《前进日报》《新道路日报》编辑,《新疆文艺》维吾尔文版(《塔里木》前身)主编。

祖国，我回来了

未 央

我爱的中国

车过鸭绿江，

好像飞一样。

祖国，我回来了，

祖国，我的亲娘！

我看见你正在

向你远离膝下的儿子招手。

车过鸭绿江，

好像飞一样；

但还是不够快呀！

我的车呀！

你为什么这么慢？

一点也不懂得

儿女的心肠！

车过鸭绿江，

江东江西不一样，

不是两岸的

土地不一样肥沃秀丽，

不是两岸的

人民不一样勤劳善良。

我是说：

江东岸——

鲜血浴着弹片；

江西岸——

密密层层秫秸堆，

家家户户谷满仓。

我是说：

江东岸的人民，

白天住着黑夜一样的地下室；

江西岸的市街，

夜晚像白天一样亮堂！

祖国呀，

一提到江东岸，

我的心又回到了朝鲜前方。

车过鸭绿江，

同车的人对我讲：

"好好儿看看祖国吧，同志！

看一看这些新修的工厂。"

一九五三年

是我们五年计划的头一个春天——

春天是竹笋拔尖的季节，

我们工厂的烟囱

要像春天的竹笋一样！

老人们都说：

孩儿不离娘。

祖国呀，

在前线

我真想念你！

但我记住一支苏维埃的歌：

"假如母亲问我去哪里，

去做什么事情，

我说，我要为祖国而战斗，

保卫你呀，亲爱的母亲！……"

在坑道里，

我哼着它，

就像回到了你的身旁，

在作战中，

我哼着它，

就勇敢无双！

车过鸭绿江,

好像飞一样。

祖国,我回来了,

祖国,我的亲娘!

但当我的欢喜的眼泪

滴在你怀里的时候,

我的心儿

却又飞到了朝鲜前方!

未央(1930—),原名章开明,湖南临澧县人,当代著名诗人,湖南省作家协会名誉主席。

读史，望黄河长江

都是破天荒！

都是冲破恢恢天网！

都是既自由又奔放！

都是既慷慨又苍凉！

都是既雄浑又悲壮！

都是既悲壮又激昂！

都是自天而下历尽沧桑！

是的，

都是哀歌颂歌一起唱！

都是举世无双……

无双的浩莽，

无双的激荡；

一个朝北闯，

一个朝南闯，

一个驮起万里长城，

从山海关走向海中央；

一个驮起六朝烟柳，

从吴淞口奔向太平洋……

啊！黄河，北水之王！

黎焕颐

我爱的中国

啊！长江，南水之王！

都是出山清，

都是入世黄，

都是千堆雪，

都是万重浪，

都是汪洋傲岸……

我们民族水铸的脊梁！

看啦！看啦！来来往往，

一切英雄伟人，

一切帝王将相，

一切哥儿妹儿，

一切魑魅魍魉，

一切星光霞光，

一切天上的神话，

一切地上的仰望，

一切人间的块垒、欢乐、创伤，

一切历史的冲浪、震骇、激荡，

都河而又河，

都江而又江，

殇而不滥，滥而不殇，

亦文学、亦哲学……

亦信仰、亦文章……

莽莽苍苍，

天高水长……

呜呼！五千年故国，

二十一世纪的汪洋，

投鞭断流者必亡！

顺水搭桥者必昌！

黎焕颐（1930—2007），贵州遵义人。1949年参军，历任青海日报社记者、编辑，上海少年儿童出版社编辑，上海文学报社副刊主编、副编审等职。

柯 原
我爱的中国

中华,中华

这一片土地叫中华,
这一片碧波叫中华,
这一片彩云叫中华。

中华,中华,
我们慈祥的母亲,
我们可爱的家,
我们胸中沸腾的热血,
我们心中璀璨的宝石花。

喊一声中华啊,
情如泉涌;
喊一声中华啊,
泪如雨洒。

我们曾遭凌辱、奴役、践踏,
战斗的旗帜在硝烟中高挂;
我们曾被封锁、禁运、制裁,
高昂的头颅从不低下!

爱中华，是血脉相连的爱，
从来掺不得半分虚假！

爱你的三山五岳，江海湖泽；
爱你的长城内外，大河上下；
爱你的诗词歌赋，诸子百家；
爱你的宫殿城阙，石窟宝塔；
爱你的松柏杨柳，梅兰竹菊；
爱你的江南春雨，塞北雪花……

爱中华呵是梦魂萦绕的爱，
请看亿万儿女彩笔绘新画：

工人迎滔滔洪峰挺身筑大堤，
炉前拼搏高温不知有冬夏；
农民抗旱抗涝汗水化金谷，
扬净晒干一片忠心交国家；
战士南海高脚屋里日夜伴波涛，
雪山上风餐露宿守边卡；
知识分子千山万水寻宝藏，
课桌前熬白了多少黑发。

真正爱中华，

把血肉之躯筑长城；
化作人民英雄纪念碑，
朝阳下一朵胜利花。

真正爱中华，
默默奉献甘当砖与瓦；
筑起人民共和国，
我们共同的千秋大厦。

灿烂的蓝图已铺开，
让我们用忠诚与爱，
装点她；
让我们用汗水与热血
描绘她——

绘一幅万里锦绣黄土地，
绘一幅碧海滔滔银浪花，
绘一幅红日高悬满天霞！

柯原（1931—），笔名路苇、夏季，侗族，湖南新晃人。1949年参军，历任广州军区文化部文艺处处长，广州军区政治部研究员，中国散文诗研究会第二、三、四届会长，世界华文诗人协会理事。

理　想

流沙河

我爱的中国

理想是石，敲出星星之火；
理想是火，点燃熄灭的灯；
理想是灯，照亮夜行的路；
理想是路，引你走到黎明。

饥寒的年代里，理想是温饱；
温饱的年代里，理想是文明。
离乱的年代里，理想是安定；
安定的年代里，理想是繁荣。

理想如珍珠，一颗缀连着一颗，
贯古今，串未来，莹莹光无尽。
美丽的珍珠链，历史的脊梁骨，
古照今，今照来，先辈照子孙。

理想是罗盘，给船舶导引方向；
理想是船舶，载着你出海远行。
但理想有时候又是海天相吻的弧线，
可望不可即，折磨着你那进取的心。

理想使你微笑地观察着生活；
理想使你倔强地反抗着命运。
理想使你忘记鬓发早白；
理想使你头白仍然天真。

理想是闹钟，敲碎你的黄金梦；
理想是肥皂，洗濯你的自私心。
理想既是一种获得，
理想又是一种牺牲。

理想如果给你带来荣誉，
那只不过是它的副产品，
而更多的是带来被误解的寂寥，
寂寥里的欢笑，欢笑里的酸辛。

理想使忠厚者常遭不幸；
理想使不幸者绝处逢生。
平凡的人因有理想而伟大；
有理想者就是一个"大写的人"。

世界上总有人抛弃了理想，
理想却从来不抛弃任何人。

给罪人新生,理想是还魂的仙草;
唤浪子回头,理想是慈爱的母亲。

理想被玷污了,不必怨恨,
那是妖魔在考验你的坚贞;
理想被扒窃了,不必哭泣,
快去找回来,以后要当心!

英雄失去理想,蜕作庸人,
可厌地夸耀着当年的功勋;
庸人失去理想,碌碌终身,
可笑地诅咒着眼前的环境。

理想开花,桃李要结甜果;
理想抽芽,榆杨会有浓荫。
请乘理想之马,挥鞭从此启程,
路上春色正好,天上太阳正晴。

就是那一只蟋蟀

台湾诗人Y先生说：

"在海外，夜间听到蟋蟀叫，

就会以为那是在四川乡下听到的那一只。"

就是那一只蟋蟀

钢翅响拍着金风

一跳跳过了海峡

从台北上空悄悄降落

落在你的院子里

夜夜唱歌

就是那一只蟋蟀

在《豳风·七月》里唱过

在《唐风·蟋蟀》里唱过

在《古诗十九首》里唱过

在花木兰的织机旁唱过

在姜夔的词里唱过

劳人听过

思妇听过

就是那一只蟋蟀

在深山的驿道边唱过

在长城的烽台上唱过

在旅馆的天井中唱过

在战场的野草间唱过

孤客听过

伤兵听过

就是那一只蟋蟀

在你的记忆里唱歌

在我的记忆里唱歌

唱童年的惊喜

唱中年的寂寞

想起雕竹做笼

想起呼灯篱落

想起月饼

想起桂花

想起满腹珍珠的石榴果

想起故园飞黄叶

想起野塘剩残荷

想起雁南飞

想起田间一堆堆的草垛

想起妈妈唤我们回去加衣裳

想起岁月偷偷流去许多许多

就是那一只蟋蟀

在海峡那边唱歌

在海峡这边唱歌

在台北的一条巷子里唱歌

在四川的一个乡村里唱歌

在每个中国人脚迹所到之处

处处唱歌

比最单调的乐曲更单调

比最谐和的音响更谐和

凝成水

是露珠

燃成光

是萤火

变成鸟

是鹧鸪

啼叫在乡愁者的心窝

就是那一只蟋蟀

在你的窗外唱歌

在我的窗外唱歌

你在倾听

你在想念

我在倾听

我在吟哦

你该猜到我在吟些什么

我会猜到你在想些什么

中国人有中国人的心态

中国人有中国人的耳朵

1982年7月10日在成都

　　流沙河（1931—），原名余勋坦，祖籍四川金堂。著名诗人、作家、学者、书法家。历任四川省文联创作员，《四川群众》和《星星》诗刊编辑。1985年起专职写作。

邵燕祥
我爱的中国

到远方去

收拾停当我的行装,
马上要登程去远方。
心爱的同志送我
告别天安门广场。

在我将去的铁路线上,
还没有铁路的影子。
在我将去的矿井,
还只是一片荒凉。

但是没有的都将会有,
美好的希望都不会落空。
在遥远的荒山僻壤,
将要涌起建设的喧声。

那声音将要传到北京,
跟这里的声音呼应。
广场上英雄碑正在兴建啊,
琢打石块,像清脆的鸟鸣。

心爱的同志，你想起了什么？

哦，你想起了刘胡兰。

如果刘胡兰活到今天，

她跟你正是同年。

你要唱她没唱完的歌，

你要走她没走完的路程。

我爱的正是你的雄心，

虽然我也爱你的童心。

让人们把我们叫作

母亲的最好的儿女，

在英雄辈出的祖国，

我们是年轻的接力人。

我们惯于踏上征途，

就像骑兵跨上征鞍，

青年团员走在长征的路上，

几千里路程算得什么遥远。

我将在河西走廊送走除夕，

我将在戈壁荒滩迎来新年，

不管什么时候，只要想起你，
就更要把艰巨的任务担在双肩。

记住，我们要坚守誓言：
谁也不许落后于时间！
那时我们在北京重逢，
或者在远方的工地再见！

1952年11月23日

假如生活重新开头

邵燕祥

我爱的中国

假如生活重新开头,
我的旅伴,我的朋友——
还是迎着朝阳出发,
把长长的身影留在背后。
愉快地回头一挥手!

假如生活重新开头,
我的旅伴,我的朋友——
依然是一条风雨的长途,
依然不知疲倦地奔走。
让我们紧紧地拉住手!

假如生活重新开头,
我的旅伴,我的朋友——
我们仍旧要一齐举杯,
不管是甜酒还是苦酒。
忠实和信任最醇厚!

假如生活重新开头,
我的旅伴,我的朋友——

还要唱那永远唱不完的歌，
在喉管没被割断的时候。
该欢呼的欢呼，该诅咒的诅咒！

假如生活重新开头，
我的旅伴，我的朋友——
他们不肯拯救自己的灵魂，
就留给上帝去拯救……
阳光下毕竟是白昼！

时间呀，时间不会倒流，
生活却能够重新开头。
莫说失去了很多很多，
我的旅伴，我的朋友——
明天比昨天更长久！

邵燕祥（1933—），祖籍浙江萧山，当代著名诗人、散文家、评论家。曾任中央人民广播电台编辑、记者。后担任《诗刊》编辑部主任、副主编。

母　亲

饶阶巴桑

我爱的中国

我还吸吮着母亲的奶头，

还不曾想过捏泥娃娃和捉迷藏，

还不曾想过天空和陆地，

可是心里却有一个模糊的印象

"世间再也没有什么

比母亲的胸脯还宽广！"

我从遥远遥远的边疆

渡过了长江和黄河

虽然我还没有走到长白山

但是我在心底轻声地说：

"世间再也没有什么

比祖国的胸脯更宽广！"

1956年4月

饶阶巴桑（1935—），笔名卡林巴桑，生于云南迪庆藏族自治州。20世纪50年代在军中开始发表作品，是云南军旅作家群中享有盛誉的藏族军旅诗人。

昌耀
我爱的中国

划呀，划呀，父亲们
——献给新时期的船夫

自从听懂波涛的律动以来，
我们的触角，就是如此确凿地
感受着大海的挑逗：

——划呀，划呀，
父亲们！

我们发祥于大海，
我们的胚胎史，
也只是我们的胚胎史——
展示了从鱼虫到真人的演化序列，
蜕尽了鳍翅。
可是，我们仍在韧性地划呀
可是，我们仍在拼力地划呀，
我们是一群男子，是一群女子，
是为一群女子依恋的
一群男子。
我们摇起棹橹，就这么划，就这么划，
在天幕的金色的晨昏，

众多仰合的背影。

有庆功宴上骄军的醉态,

我们不至于酩酊

最动情的呐喊

莫不是

我们沿着椭圆的海平面

一声向前冲刺的

嗥叫?

我们都是哭着降临到这个多彩的寰宇。

后天的笑,才是一瞥投报给母亲的慰安。

——我们是哭着笑着

从大海划向内河,划向洲陆……

从洲陆划向大海,划向穹隆……

拜谒了长城的雉堞,

见识了泉州湾里沉溺的十二桅古帆船。

狎弄过春秋末代的编钟,

我们将钦定的史册连根儿翻个。

从所有的器物我听见逝去的流水,

我听见流水之上抗逆的脚步。

划呀，父亲们，

划呀！

还来得及赶路，

太阳还不见老，正当中年。

我们会有自己的里程碑。

我们应有自己的里程碑。

可那旋涡

那狰狞的弧圈，

向来不放松对我们的跟踪，

只轻轻一扫

就永远地卷去了我们的父兄，

把幸存者的脊椎

扭曲。

大海，我应诅咒你的暴虐。

但去掉了暴虐的大海不是

大海。失去了大海的船夫

也不是

船夫。

于是，我们仍然开心地燃起燔火。

我们仍然要怀着情欲剪裁婴儿衣。

我们昂奋地划呀……哈哈……划呀……哈哈……

划呀……

是从冰川期划过了洪水期。

是从赤道风划过了火山灰。

划过了泥石流。划过了

原始公社的残骸，和

生物遗体的沉积层……

我们原是从荒蛮的纪元划来。

我们造就了一个大禹，

他已是水边的神。

而那个烈女

变作了填海的精卫鸟。

预言家已经不少。

总会有橄榄枝的土地。

总会冲向必然的王国。

但我们生命的个体都尚有阳寿短促，

难得两次见到哈雷彗星。

当又一个旷古后的未来，

我们不再认识自己变形了的子孙。

可是，我们仍在韧性地划呀。
可是，我们仍在拼力地划呀。
在这日趋缩小的星球，
不会有另一条坦途。
不会有另一种选择。
除了五条巨大的舢舻，
我只看到渴求那一海岸的
船夫。

只有啼呼海岸的呐喊
沿着椭圆的海平面
组合成一支
不懈的
嗥叫！

大海，你决不会感动。
而我们的桨叶也决不会喑哑。
我们的婆母还是要腌制过冬的咸菜，
我们的姑娘还是要烫一个流行的发式，
我们的胎儿还是从血光里
临盆。

……今夕何少

会有那么多临盆的孩子

我最不忍闻孩子的啼哭了,

但我们的桨叶绝对地忠实。

就这么划着,就这么划着,

就这么回答大海的挑逗:

——划呀,父亲们!

父亲们!

父亲们!

我们不至于酩酊。

我们负荷着孩子的哭声赶路。

在大海尽头

会有我们的

笑。

1981年10月6日——29日

昌耀(1936—2000),原名王昌耀,湖南省桃源县人,诗人。1950年4月参加中国人民解放军,任宣传队员。同年,响应祖国号召,随中国人民志愿军赴朝鲜作战,参加抗美援朝战争。1954年开始发表诗作。

浪波

我爱的中国

又见长安

从悠悠岁月渐次淤积的黄土之下
从粼粼流光漫漶凝滞的地层之中
我悚听一声霹雳长啸，响遏行云
惊看沉梦初醒的蛰伏千年的骏马
——绚烂、富丽、壮美的唐三彩
赭是热烈，褐是庄严，绿是蓬勃
于巍巍终南之麓，滔滔渭水之滨
重新炫耀大唐京都的丰采和威仪
……又见长安！又见长安！

不止在卷帙浩繁的发黄的史书上
不止于故国神游虚幻缥缈的梦里
不止是奔放的律诗和警策的绝句
传奇中多情公子和歌妓的罗曼史
昭陵和乾陵雄视千古的文治武功
镀亮煌煌的碑林与大雁塔的尖顶
鲜红的太阳从古老的地平线升起
在今天的土地上闪射昨天的折光
……似是长安，不是长安！

黄河依旧，潼关依旧，骊山依旧
八百里秦川物华天宝，人杰地灵
酒楼上，有半眠半醒的诗仙醉吟
蜀道难的浩叹融进宝成路的汽笛
曲江畔，有忧国忧民的诗圣低咏
石壕村的哭诉化作责任田的笑语
而华清池的柔波在贵妃浴罢之后
招来工厂和乡村的男女游客洗尘
……不是长安，胜似长安！

李龟年仍操旧业，不在岐王私邸
灯火辉煌的大剧院有电子琴伴奏
一曲唱罢，看公孙大娘拔剑起舞
台下，卖炭翁与织毯女击节赞赏
而王维和吴道子在画展大厅握手
探讨山水画和人物画的时代精神
日本的高僧与中国诗人切磋诗艺
论述民歌体、自由诗之民族传统
……昨日长安？今日长安？

丝绸之路依然西出都门穿越大漠
风驰电掣的火车取代马帮和驼队

而波斯商人却乘坐飞机自天而降
到彩色显像管车间考察电子工业
中原大地不仅仅生产茶叶和丝绸
现代化吸引四海通商
唐代的宫装被烫发和高跟鞋更换
昂扬的进行曲淹没了霓裳与六幺
……今日长安！今日长安！

五彩缤纷的令人眼花缭乱的时代
新旧交替，古今中外在这里汇合
一切美好的都被汲取而发扬光大
是中华民族的胸怀、胆识和气度
盛唐的崛起不赖天时，不借地力
仰仗于人才的发现与智慧的开采
昨天如此，今天如此，永远如此
万代不覆的宫殿只有奠基于人心
……又见长安！又见长安！

浪波（1937—2018），原名潘培铭，出生于河北平乡霍洪，当代著名诗人。曾任中共河北省委宣传部文艺处处长，河北省文联党组书记、常务主席。

黄 山 松

张万舒

我爱的中国

好！黄山松，我大声为你叫好，
谁有你挺得硬，扎得稳，站得高；
九万里雷霆，八千里风暴，
劈不歪，砍不动，轰不倒！

要站就站上云头，
七十二峰你峰峰皆到，
要飞就飞上九霄，
把美妙的天堂看个饱！

不怕山谷里阴风的夹袭，
你双臂一抖，抗得准，击得巧！
更不畏高山雪冷寒彻骨，
你折断了霜剑，扭弯了冰刀！

谁有你的根底艰难贫苦啊，
你从那紫色的岩上挺起了腰；
即使是裸露着的根须，
也把山岩紧紧地拥抱！

你的雄姿像千古高峰不动摇,
每一根针叶都闪烁着骄傲;
那背阳的阴处,你横眉怒扫,
向着阳光,你迸出劲枝万千条!

啊,黄山松,我热烈地赞美你,
我要学你艰苦奋战,不屈不挠;
看!在这碧紫透红的群峰之上,
你像昂扬的战旗在呼啦啦地飘。

1963年

张万舒(1938—),原名张清海,笔名张东泉。安徽肥西人。曾任新华社总社国内部主任,新华出版社社长兼总编辑,高级记者。

我们是大运河的子孙

刘祖慈

我爱的中国

我们是大运河的子孙。

告别祖先传下的雕梁画栋的殿宇,
晨钟暮鼓的紫禁城,
提笼架鸟的贵胄子弟,
风沙中卖糖葫芦人浑浊的眼睛,
以及祈年殿上古老的祝词,
回音壁前历史的沉吟……
我们赤着脚,肩背纤绳,
高高的堤岸举着我们。

我们是大运河的子孙。

穿过坦荡如砥的平原,
带着盐碱窝里泛起的苦霜,
抚平沧州古代配军的遗恨。
我们要用白洋淀上好的芦苇,
编一幅有现代花纹的席垫,
制作最精美的苇哨,
回忆当年雁翎队快乐的鸟鸣。

饱蘸华北油田喷涌的原油——
我们古老土地里奔流的血液,
点燃一支支照天烛地的火炬,
穿过眼前的风雨和泥泞。

我们是大运河的子孙。

临清南段的淤塞是历史的心病,
我们渴望沟通和交流,渴望疏浚。
我们要和黄河汇合,在古航道上,
激起新的浪花,新的涛声。
黄河的故事比泥沙还多哟,
他拜别满头白雪的昆仑,
曾在西北高原迂回、切割、穿行,
以他无可阻挡的浩浩洪流,
劈开人门、鬼门、神门!

我们是大运河的子孙。

祖先血肉模糊的肩膊上,
杨广楼船烙下沉痛的纤痕。
他们死了。留下不死的大运河,

和永远不死的春天的桃花汛。
拨响微山湖所有的土琵琶吧,
让我们唱一曲新的大风歌,
祭奠淮海黄土下的英灵:
他们的事业,岂能梦坠青云?
不要为沼泽的泥污所困扰,
不要为曾经的搁浅而伤心,
不要叹息,不要抱怨,不要消沉,
我们的船,全靠我们!

我们是大运河的子孙。

终于看见长江了,
破雾而来,像御风飞舞的飘带,
中国,你这新时代的飞天女神。
我们从姑苏城下走过,
不是为听寒山寺晚祷的钟声。
我们要在烟波浩渺的大湖里沐浴,
洗去长途跋涉的一身汗尘,
穿起用彩霞裁剪的新装,
搅动南湖烟雨楼前伟大的橹柄。

我们是大运河的子孙。

江南，飞红点翠的沃土啊，
扑进你的怀中，我们热泪滚滚。
你丝织厂的每一台织机
都在编织我们辉煌灿烂的远景。
我们期待钱塘江八月的大潮，
用杭州湾这个喇叭口，
唱出响彻云霄的歌声。
不要为雷峰塔已经倒塌而惋惜，
君不见在雷峰塔的废墟上，
正站立中国一代巨人的身影！

我们是大运河的子孙。

1981年3月28日——4月4日

刘祖慈（1939—），笔名秋川、桑和仁等，安徽肥西人。曾任《诗歌报》（主要创办人之一）执行编委兼编辑部主任、安徽文学院院长。

啊，我的镰刀，我的铁锤

那金灿灿的

弯如新月的

是镰刀吗？

是的，那是我熟悉的

镰刀

那是挂在我家土墙上的

镰刀

那是我的母亲和姐妹们

长年累月使用着的镰刀

用它割小麦

用它割稻谷

用它割来简朴的生活

用它砍柴草

用它砍荆棘

用它砍去艰辛的日月！

是的，那是我熟悉的

镰刀

那槐木的、被血和汗浸黑了的

把柄

雷抒雁

我爱的中国

磨粗了姐妹们的手
累弯了母亲们的腰
那闪闪的镰刀上映照过男人和妇女们
在艰难前的刚毅
和在丰收前的欢笑……

那新月弯弯的镰刀
是农家的至宝
看见它
就想起我亲人们的辛劳

而那铁锤
使我想起我的父兄
想起他们肌肉隆起的双臂
以及那扛起山一样的磨难和打击
从不颤抖的腰身

铁锤，锻打锄头
锻打枪刀
锻打文明
也锻打对压迫和剥削的仇恨
火星迸溅

焚烧夜幕沉沉……

啊，铁锤和镰刀

在奴隶们的手中

一代一代传递

收获的却是贫困

是压迫的苦痛

和被榨干了血汗的呻吟

是谁，在收割的季节——七月

把镰刀和铁锤

编织成一轮金灿灿的太阳？

让我的母亲和姐妹

让我的父亲和弟兄

伸直臂膀，挺起腰身？

从此，镰刀和铁锤

不再伏在地上叹息

而是骄傲地

高高地

飘扬在天上

云霞为它添彩

星月为它增光!

这一面红旗

把奴隶们组织在一起

结成一支不可战胜的劲旅!

这一面红旗

如同一把火炬

照耀着古老的神州大地

照耀着曾经呻吟在

水火中的灵魂!

我的父母

是些粗人

这些地主家的长工

从未读过印满真理的书文

可是,看到那熟悉的镰刀和铁锤

组成图案的旗子

却流出了热泪

却认识了真理

他们说,共产党真是为了穷人的人

把受苦人捧到了天上!

那旗帜上的火

照亮了他们的眼

暖热了他们的心

这些被人践踏和欺压的人

像突然抓住自己的命运

像突然成了世界的主人!

镰刀和铁锤

像磁石,吸引着千千万万

铁的心!

镰刀砍断了千年锁链

铁锤砸开了封建牢门!

五星红旗

飘进每个欢笑的瞳孔

飞扬在祖国的每个晨昏!

我的父兄啊

我的母亲

我支撑着共和国大厦的

亿万人民

党把镰刀铁锤

印在我的入党志愿书上

是把你们

刻在我的心

于是，就像在春天

你们在泥土里轻轻撒下种子

撒下希望

撒下叮咛

让它发芽、生根！

我的花朵——理想

我的果实——信仰

甚至我的每一片叶子——青春

都注入了一个最壮丽的元素

人民！

人民！

我不敢在皮转椅里

转动日月

我不敢在写字台前

消磨光阴

每天，我都想把心的琴键

擦得锃亮

让人民的五指——

喜、怒、哀、乐、愁

弹奏出最响亮的声音！

想着镰刀

我就想怎样使我古老的

丰腴的土地

不再生长饥饿……

想着铁锤

我就想怎样使我强盛的

智慧的民族

不再锻造贫困……

让每一块有生命活跃的土地

都生长面包和酒

都生长鲜花和爱情

让我们这一颗多彩的

旋转不停的星球

运载着和睦相处的

自己的主人!

历史,从山林和泥沼里

跋涉而来

走到新时代

浪涛滚滚的江边

彼岸

就有流蜜的河

就有不凋的花

就有不逝的春天

党啊，驾驶红船

要把人民

要把历史

送上彼岸

风浪

礁石

漩涡……

啊，颠簸在波涛里的船啊！

但是，谁能挡住时间之神

谁能捆住时间巨大的双脚

以及驾驭时间的人们！

当我白发苍苍的母亲

放下那握了一生的镰刀

用那粗糙的、弯曲的手指

满足地、饶有兴趣地

转动着电视机的调频

胆怯地、不太习惯地

拧开煤气炉点火的阀门……

我想，她会知道

时间，正在前进！

我的儿女们已不像当年的我

游戏，只有石子和泥人

他们说着卫星、火箭

说着航天飞机

笔下画着奇怪的机器人……

五光十色的生活啊

正拨动着现代化的琴！

我想，有一天

镰刀和铁锤

会成为古老的记忆

会成为历史的沉积

就像今天

突然看到的刻着

鱼类花纹的陶盆

但是，我坚信

历史不会忘记

镰刀和铁锤交叉的

那面红旗

它的功勋将与时间长存

因为，镰刀铁锤
是我们党写在旗帜上的
最初的，也是永久的
象形文字
——人——民！

雷抒雁（1942—2013），陕西泾阳人，当代诗人、作家。曾任中国诗歌学会会长、中国作协诗歌专业委员会主任、《诗刊》社副主编、鲁迅文学院常务副院长等职。

陕北的小米

张 庞、卜宝玉
我爱的中国

陕北这片平凡的土地盛产小米

而且长势很好

产量很高

当从井冈山开始的

二万五千里流血的播种

把三万粒饱经硝烟浸染的种子

播进贫瘠的黄土塬上

革命

便在这世代生产小米的地方

和小米一起倔强地成长

也许是因为岁月过于饥寒

小米在窑洞的大锅饭里

格外香甜

格外富有营养

也许是因为和土地的世代亲缘

革命在灿烂的谷子地里

迅速成长

迅速漫向四面八方

当金色的小米和铁质的步枪

伴随打着绑腿的弟兄

把民众一次次引出饥荒

把希望一片片播进平原山冈

小米加步枪

便成了一种固定的组合

成了一种战无不胜的力量

飞机大炮拿它无可奈何

敌人闻风便心惊胆丧

那背着米袋

举着步枪

策马穿过硝烟的战士

总让人联想到雄鹰

联想到利剑

联想到猛虎下山的形象

他们在遭受铁蹄践踏的大地上

把爱情和仇恨一起压进枪膛

射向黎明前的天幕

点燃温暖的太阳

今天

当大米和白面

中餐和西餐

把和平幸福的日子

喂养得丰丰满满

白白胖胖

当高楼和超市

汽车和立交桥

把曾经是泥土的城市

装点得华丽娇贵

热闹繁忙

不少曾喝着小米粥

吃着小米饭进城的人们

已淡忘了小米的色泽和模样

而小米

这金黄的精灵

依旧在陕北的黄土塬上

默默地繁衍

默默地生长

默默地喂养着许多

依旧依赖并且关爱它的

生命和思想

张庞（1943—），河北隆尧人。原北京军区政治部副主任，少将军衔。

卜宝玉（1966—），山西万荣人，北京军区《战友报》社主任编辑，上校军衔。

土 地

田埂上走着一排朝鲜族妇女,
人人头顶着一片鲜绿,
一盘盘秧苗多么青嫩,
阳光下微风里充满生机。

仿佛她们身上长出秧苗,
汗腺、血管,都连着秧苗根须。
我忽然想起个诗一般的真理:
人民是土地,人民是土地……

胡世宗(1943—),辽宁沈阳人。作家、诗人。曾任沈阳军区宣传部文化处处长、军区政治部创作室副主任等职。

中　国

张雪杉

我爱的中国

在外国人的心目中

你是茶叶你是瓷器

你是泰山你是长城

你是北京的太和殿

你是西安的兵马俑

在中国人的心目中

你是盘古你是女娲

你是大禹你是黄帝

你是白居易的《长恨歌》

你是曹雪芹的《红楼梦》

在历史的心目中

你是庄子你是孔丘

你是《易经》你是《通鉴》

你是合久必分分久必合

你是天灾人祸歌舞升平

在未来的心目中

你是问号你是叹号

你是破折号你是省略号

你是半部楷书工整严谨

你是半部狂草虎跃龙腾

张雪杉（1943—2007），原名张学善。河北易县人。曾在报社、高校、工厂工作。曾任百花文艺出版社副总编辑兼《散文》《小说家》《东方企业家》期刊主编、编审。

祖国啊，我要燃烧

叶文福

我爱的中国

当我还是一株青松的幼苗，

大地就赋予我高尚的情操！

我立志做栋梁，献身于人类，

一枝一叶，全不畏雪剑冰刀！

不幸，我是植根在深深的峡谷，

长啊，长啊，却怎么也高不过峰头的小草。

我拼命吸吮母亲干瘪的乳房，

一心要把理想举上万重碧霄！

我实在太不自量力了：幼稚！可笑！

蒙昧使我看不见自己卑贱的细胞。

于是我受到了应有的惩罚——

迎面扑来旷世的风暴！

啊，天翻地覆……

啊，山呼海啸……

伟大的造山运动，

把我埋进深深的地层，

——我死了，那时我正青春年少。

我死了！年轻的躯干在地底痉挛，

我死了！不死的精灵却还在拼搏呼号：

"我要出去！我要出去！

我要出去啊——我的理想不是蹲这黑暗的囚牢！"

漫长的岁月，

我吞忍了多少难忍的煎熬，

但理想之光，依然在心中灼灼闪耀。

我变成了一块煤，还在舍命呐喊：

"祖国啊，祖国啊，我要燃烧！"

地壳是多么的厚啊，希望是何等的缥缈！

我渴望：渴望面前闪出一千条向阳坑道！

我要出去，投身于熔炉，化作熊熊烈火：

"祖国啊，祖国啊，我要燃烧——"

1979年4月16日 于北京

——痛极之思

叶文福（1944—），出生于湖北赤壁，当代著名现实主义诗人。

致 新 疆

周 涛

我爱的中国

你阿拉斯加一样遥远的地方

同样属于勇敢的灵魂

但是你更奇异，更丰富

无限广阔的地域里

铸造着多少

极平凡的也极有个性的大胆人生

戈壁的怀抱也是海的怀抱

敞开着，拥抱着四面八方的人们

圣母的乳汁

不拒绝要求生存的儿女

天山的乳峰就裸露在蓝天下

让儿女们仰望那骄傲的美

却不容恶者亵渎

奇异的天地孕育奇异的人

无论多少种族和籍贯

都会被巧妙地融为一体

染上某种独特的气味

老人保留着强悍，而少年过于冷峻

姑娘们则有了异族的野性美

在这里的盐碱滩上流汗
会使人忘记所有的地方
享受开拓者的疯狂的忘情
和弥天的风雪抗衡
然后让火亲吻冻僵的手指
在漠风的挑衅和烈日的灼烤下跋涉
然后让瓜汁浓浓地流进喉咙
啊！没有什么地方的生活
能比这里更强烈

可能你最后会离开她
离开她很远很远
但是你绝不可能忘记她
新疆这个地方哟
也许并不是白头偕老的妻子
却是终生难忘的情人

周涛（1946—），祖籍山西，生于北京，1955年迁居新疆。当代著名诗人、散文家。原新疆军区创作室主任、一级作家，新疆文联副主席、作协副主席。

我是苹果

傅天琳

我爱的中国

我是苹果,

我是一只小小的、红艳艳的苹果。

我的微笑,挂在孩子脸上,

我的甜蜜,流进老人心窝。

我给远航的海员充饥,

我给沙漠的行者解渴。

我使失去信念的病人恢复健康,

我使健康的人更愉快地生活。

我是苹果,

我是一只小小的、红艳艳的苹果。

我是太阳和大地的女儿,

我是叶子和花儿合唱的歌,

我是可以摘来的月亮和星星,

我是可以拾到的珍珠和贝壳。

我是凝固的汗水和结晶的露珠,

我是跳跃的希望和热情的火。

我是苹果,

我是一只小小的、红艳艳的苹果。

傅天琳(1946—),生于四川省资中县,当代女诗人。曾获第五届鲁迅文学奖全国优秀诗歌奖。曾任中国诗歌学会副会长、重庆新诗学会会长等职。

相信未来

当蜘蛛网无情地查封了我的炉台
当灰烬的余烟叹息着贫困的悲哀
我依然固执地铺平失望的灰烬
用美丽的雪花写下：相信未来

当我的紫葡萄化为深秋的露水
当我的鲜花依偎在别人的情怀
我依然固执地用凝霜的枯藤
在凄凉的大地上写下：相信未来

我要用手指那涌向天边的排浪
我要用手掌托住太阳的大海
摇曳着曙光那支温暖漂亮的笔杆
用孩子的笔体写下：相信未来

我之所以坚定地相信未来
是我相信未来人们的眼睛
她有拨开历史风尘的睫毛
她有看透岁月篇章的瞳孔

不管人们对于我们腐烂的皮肉

那些迷途的惆怅、失败的苦痛

是寄予感动的热泪、深切的同情

还是给以轻蔑的微笑、辛辣的嘲讽

我坚信人们对于我们的脊骨

那无数次的探索、迷途、失败和成功

一定会给予热情、客观、公正的评定

是的，我焦急地等待着他们的评定

朋友，坚定地相信未来吧

相信不屈不挠的努力

相信战胜死亡的年轻

相信未来、热爱生命

1968年　北京

食指（1948—），本名郭路生，山东鱼台人。当代著名诗人，朦胧诗代表人物，被当代诗坛誉为"朦胧诗鼻祖"。

中　国

一位金发碧眼的外国女郎，
双手拳在胸前，
"How great！China……"
她赞美着老态龙钟的长城。

不，可尊敬的小姐，
对于我的祖国，长城——
只不过是民族肌肤上一道青筋，
只不过是历史额头上一条皱纹……

请看看我吧，年轻的我——
高昂的头，明亮的眼，刚毅的体魄。
你会搜寻不到恰当的赞美词，
但你会真正地找到"中国"！

1981年

叶延滨（1948—），生于哈尔滨，曾任《星星》诗刊主编，北京广播学院文艺系主任、教授，《诗刊》主编等职。

江河
我爱的中国

纪念碑

我常常想

生活应该有一个支点

这支点

是一座纪念碑

天安门广场

在用混凝土筑成的坚固底座上

建筑起中华民族的尊严

纪念碑

历史博物馆和人民大会堂

像一台巨大的天平

一边

是历史，是昨天的教训

另一边

是今天，是魄力和未来

纪念碑默默地站在那里

像胜利者那样站着

像经历过许多次失败的英雄

在沉思

整个民族的骨骼是他的结构

人民巨大的牺牲给了他生命

他从东方古老的黑暗中醒来

把不能忘记的一切都刻在身上

从此

他的眼睛关注着世界和革命

他的名字叫人民

我想

我就是纪念碑

我的身体里垒满了石头

中华民族的历史有多么沉重

我就有多少重量

中华民族有多少伤口

我就流出过多少血液

我就站在

昔日皇宫的对面

那金子一样的文明

有我的智慧，我的劳动

我的被掠夺的珠宝

以及太阳升起的时候

琉璃瓦下紫色的影子

……我苦难中的梦境

在这里

我无数次地被出卖

我的头颅被砍去

身上还留着锁链的痕迹

我就这样地被埋葬

生命在死亡中成为东方的秘密

但是

罪恶终究会被清算

罪行终将会被公开

当死亡不可避免的时候

流出的血液也不会凝固

当祖国的土地上只有呻吟

真理的声音才更响亮

既然希望不会灭绝

既然太阳每天从东方升起

真理就把诅咒没有完成的

留给了枪

革命把用血浸透的旗帜

留给风，留给自由的空气

那么

斗争就是我的主题

我把我的诗和我的生命

献给了纪念碑

江　河
我爱的中国

祖国啊，祖国

在英雄倒下的地方
我起来歌唱祖国

我把长城庄严地放上北方的山峦
像晃动着几千年沉重的锁链
像高举起刚刚死去的儿子
他的躯体还在我手中抽搐
我的身后有我的母亲
民族的骄傲，苦难和抗议
在历史无情的眼睛里
掠过一道不安
深深地刻在我的额角
一条光荣的伤痕
硝烟从我的头上升起
无数破碎的白骨叫喊着随风飘散
惊起白云
惊起一群群纯洁的鸽子

随着鸽子、愤怒和热情
我走过许多年代，许多地方

走过战争，废墟，尸体

拍打着海浪像拍打着起伏的山脉

流着血

托起和送走血红血红的太阳

影子浮动在无边的土地

斑斑点点——像湖泊，像眼泪

像绿蒙蒙的森林和草原

隐藏着悲哀和生命的人群在闪动

像我的民族隐隐作痛的回忆

没有一片土地使我这样伤心，激动

没有一条河流使我这样沉思和起伏

这土地，仿佛疲倦了，睡了几千年

石头在噩梦中辗转，堆积

缓慢地长成石阶、墙壁、飞檐

像香座，像一枝枝镀金的花朵

幽幽的钟声在枝头战栗

抖落了一年一度的希望

葬送了一个又一个早晨

一座座城市像岛屿一样浮起，漂泊

比雾中的船只还要迷惘

大片大片的庄稼在汗水中成熟

仿佛农民朴素的信仰

没有什么

留给醒来的时候

留给晴朗的寂默

也许

烦恼和血性就从这时起涌

火药开始冒烟

指针触动了弯成弓似的船舶

丝绸朝着河流相反的方向流往世界

像一抹余晖，温柔地织出星星

把美好的神话和女人托付给月亮

那么，有什么必要

让帝王的马车在纸上压过一道道车辙

让人民像两个字一样单薄，瘦弱

再让我炫耀我的过去

我说不出口

只能睁大眼睛

看着青铜的文明一层一层地剥落

像干旱的土地，我手上的老茧

和被风抽打的一片片诚实的嘴唇

我要向缎子一样华贵的天空宣布

还不是早晨，你的血液已经凝固

然而，祖国啊
你毕竟留下了这么多儿子
留下劳动后充血的臂膀
低垂着——渐渐握紧了拳头
留下历史的烟尘中一面面反叛的旗
留下失败，留下旋转的森林
枝丫交错地伸向天空
野兽咆哮
层层叠叠的叶子在北方涔涔飘落
依旧浓郁地覆盖着南方
和沉重的庄稼一同翻滚
鸟群呼啦啦飞起
祖国啊，你留下这样美好的山川
留下渴望和责任，瀑布和草
留下熠熠闪烁的宫殿、古老的呻吟
一群群喘息的灰色的房屋
留下强烈的对比、不平
沙漠和曲曲折折的港湾
山顶上冰一样冷静的思考
许多年的思考

轰轰隆隆响着，断裂着

焦急地变成水

投向峡谷，深沉，激荡

与黑压压的岩石不懈地冲撞

涌向默默无声地伸展的土地

在我民族温厚的性格里

在淳朴、酿造以及酒后的痛苦之间

我看到大片大片的羊群和马

越过栅栏，向草原移动

出汗的牛皮、犁耙

和我的老树一样粗糙的手掌之间

土地变得柔软，感情也变得坚硬

只要有群山平原海洋

我的身体就永远雄壮，优美

像一棵又一棵树，一片又一片涛声

从血管似的道路上河流中

滚滚而来——我的队伍辽阔无边

只要有深渊、黑暗和天空

我的思想就会痛苦地升起，飘扬在山巅

只要有蕴藏，有太阳

我的心怎能不跳出，走遍祖国

树根和泥淖中跋涉的脚是我的根据

苦味的风刺激着我，小麦和烟囱在生长

什么也挡不住

即使修造了门，筑起了墙

房子是为欢聚、睡眠和生活建造的

一张张窗口像碰出响声的晶莹酒杯

像闪着光的书籍一页一页地翻动

繁殖也不意味着拥挤和争吵

只要有手，手和手就会握在一起

哪怕是沙漠中的一串铃声，铃铛似的

椰子树脖子上摇动的椰子

烫手的空气中，沙滩上疲倦的网

同样是我的希望

寒冷的松针以及稻子的芒刺

是我射向太阳的阳光

太阳就垂在我的肩上，像樱桃，像葡萄

痒酥酥的，像汗水和吻流过我的胸脯

乌云在我的叫喊和闪电之后

降下疯狂的雨

像垂死的报复

落下阴惨惨的撕碎了的天空

那么,在历史中

我会永远选择这么一个时候

在潮湿和空旷中

把我的声音压得低低的低低的

压进深深的矿藏和胸膛

呼应着另一片大陆的黑人的歌曲

用低沉的喉咙灼热地歌唱祖国

江河(1949—),北京人,原名于友泽。朦胧诗派的代表诗人之一。与顾城、北岛、舒婷和杨炼一起并称为"五大朦胧诗人"。

丝绸走过兰州

黄亚洲

我爱的中国

你无法想象兰州的繁忙与热闹
我甚至说的是公元前二世纪
你会一边看见良马、骆驼、牛、羊、毡毯
甘草往东走
而另一边，看见瓷器、丝绸和茶叶往西走
而我看到的，则是那长长的丝绸之路
在兰州
打了一个大大的
中国结

客栈里，摇扇子、洗脚、喂骆驼草料的
是赶脚的伙计
趴在灯罩下打算盘珠子的，是眉开眼笑的商人
一路的风沙与血痕，都在卖唱女子的琵琶上
有的穿着宽大的胡服，有的穿着束腰的青衫
有的披挂飘逸的长发，有的戴着厚实的皮帽
一个个都是那么熟练地，交换着
彼此的土地、河流、风与纺织的声音

兰州不动声色地布置着这一切

兰州知道丝绸之路西出古长安之后，
自己要挑起什么
于是兰州把九曲大河的气势交给丝绸之路
把祁连山的曲折与坚韧交给丝绸之路
自己，则解开黄河的拉链，敞开盆地的胸怀
把一条路，当成孩子

今天我是怀揣一份滚烫的计划书走上皋兰山的
我在山顶俯瞰兰州盆地，我发现
"丝绸之路经济带"的黄金段果然又一次显出了模样
虽然，并无马队或者驼队，在黄河岸边饮水

我愿意告诉你，这一次，美丽的丝绸
仅仅是作为包扎带子出现的
核心货物是数控机床、钻探机械、石油制品、高铁设备
它们全都闪烁着中国青瓷的光泽

我也愿意告诉你
兰州不大，却闪闪发光，像一颗多棱角的钻石
而且，兰州的繁忙与热闹你真的无法想象
兰州一直很醒目地挂在中国胸前
穿着这颗钻石的细线

你必须知道，就是那一根长达两千三百年的
丝绸之路

黄亚洲（1949—），浙江杭州人，曾任浙江省作协副主席、党组书记，省文联副主席，中国作协第六届副主席。

李小雨

我爱的中国

最后一分钟

午夜。香港，
让我拉住你的手，
倾听最后一分钟的风雨归程。
听你越走越近的脚步，
听所有中国人的心跳和叩问。

最后一分钟
是旗帜的形状，
是天地间缓缓上升的红色，
是旗杆——挺直的中国人的脊梁，
是展开的，香港的土地和天空，
是万众欢腾中刹那的寂静，
是寂静中谁的微微颤抖的嘴唇，
是谁在泪水中一遍又一遍
轻轻呼喊着那个名字：
香港，香港，我们的心！

我看见，
虎门上空的最后一缕硝烟
在百年后的最后一分钟

终于散尽；

被撕碎的历史教科书

第1997页上，

那深入骨髓的伤痕，

已将血和刀光

铸进我们的灵魂。

当一纸发黄的旧条约悄然落地，

烟尘中浮现出来的

长城的脸上，

黄皮肤的脸上，

是什么在缓缓地流淌——

百年的痛苦和欢乐，

都穿过这一滴泪珠，

使大海沸腾！

此刻，

是午夜，又是清晨，

所有的眼睛都是崭新的日出，

所有的礼炮都是世纪的钟声。

香港，让我紧紧拉住你的手吧，

倾听最后一分钟的风雨归程，

然后去奔跑，去拥抱，

去迎接那新鲜的

含露的、芳香的

扎根在深深大地上的

第一朵紫荆……

丝绸之梦

李小雨

我爱的中国

月薄如水

烛光也如水

照中国

如一条卧蚕

吐悠长的丝

于九百六十万平方公里的

叶片

那冰若肌肤、光若初雪的

丝绸的大河啊

有推波叠涌的悄然无声

有暗香袭来,梅影颤颤

有逼人眼目的缭乱的光斑

有幽深的大柱与大柱间

妃子软软的脚步

有编钟鼓乐里

龙飞凤舞的灿烂鳞片

铜镜中

重织一曲黄河之水

重织一缕大漠孤烟

重织一座座高台烽火

重织一垛垛城门

一册册诗篇

哦，中国

月下松旁的中国

手捧竹简的中国

瓷瓶叮咚作响的中国啊

你丝质的文化

使石刻的、铜铸的

沉沉的华夏之魂

飞扬起来，升华起来了

今夜

在蝉翼般轻薄

波浪般滑软的

丝绸的大河里

有哪一位郑和要去远航

要航出一条西又复西的通路

成为飘带了

李小雨（1951—2015），生于河北省丰润县，毕业于北京大学中文系，当代女作家。曾任《诗刊》常务副主编、中国诗歌学会副会长兼秘书长。

关于祖国

高洪波

我爱的中国

祖国好像很具体,
像脚下普通的土地;
祖国仿佛又很抽象,
像阳光一样迷离。

黄山上的松影是祖国,
黄河里的浪花是祖国,
祖国像骏马在草原上奔驰,
祖国像巨轮在海洋上鸣笛。

祖国很伟大很辽阔,
祖国很平常又很纤细;
祖国遥远又亲近,
祖国公开又神秘。

祖国更像透明的空气,
任我们自由自在地呼吸;
一旦离开她的存在,
你就会感到窒息。

真的，在我们这个年纪，
祖国像妈妈又像爸爸。
所以，祖国在我心中，
我在祖国的怀抱里，
这，才是最准确的比喻！

　　高洪波（1951—），内蒙古开鲁县人。笔名向川，儿童文学作家、诗人、散文家。曾任《文艺报》新闻部副主任，中国作家协会办公厅副主任，《中国作家》副主编，《诗刊》主编，中国作协创联部主任，中华文学基金会理事长，中国作协书记处书记、副主席等职。

黄河故道遐思

赵丽宏
我爱的中国

曾经是汹涌黄水的河床吗？
为什么听不见潮声轰响，
看不到浊浪排空的景象？
一片野苇，几星蒿草，
沐浴着萧瑟秋风，
述说寂寞和荒凉……

问遍地狼藉的乱石吧，
当年的黄河是如何在这里流浪，
像一个勇猛而又天真的莽汉，
曾经欢乐地呼啸着横冲直撞，
以为每一道峡谷都能通向大海，
以为每一片平原都能铺向远方，
年轻的黄河啊，
你是如何在这里彷徨、
如何踟蹰着倾吐心中的惆怅、
如何呜咽着呼唤遥远的海洋？

黄河已经别处流入海洋，
为世人描绘出一个

百折不回的英雄形象。
年轻时的故事，
他一定不会遗忘。
你看这从高山带来的遍地岩石，
你看这曲曲弯弯的干涸的河床，
这是一行惊心动魄的脚印啊，
留在他曾经拼搏探索的征途上……

站在这片土地上沉思，
我听见了黄河古老的歌唱，
我听见他顽强执着的脚步
依然在前方回响。

1982年秋，北京——上海

赵丽宏（1952—），出生于上海。作家、散文家、诗人。中国作家协会全委会委员，中国散文学会副会长，上海作家协会副主席，《上海文学》杂志社社长，华东师范大学、上海交通大学兼职教授。

祖国呵,我亲爱的祖国

舒 婷

我爱的中国

我是你河边上破旧的老水车,

数百年来纺着疲惫的歌;

我是你额上熏黑的矿灯,

照你在历史的隧洞里蜗行摸索

我是干瘪的稻穗,是失修的路基;

是淤滩上的驳船

把纤绳深深

勒进你的肩膊,

——祖国啊!

我是贫困,

我是悲哀。

我是你祖祖辈辈

痛苦的希望啊,

是"飞天"袖间

千百年未落到地面的花朵,

——祖国啊!

我是你簇新的理想,

刚从神话的蛛网里挣脱;

我是你雪被下古莲的胚芽；

我是你挂着眼泪的笑涡；

我是新刷出的雪白的起跑线；

是绯红的黎明

正在喷薄；

——祖国啊！

我是你的十亿分之一，

是你九百六十万平方的总和；

你以伤痕累累的乳房

喂养了

迷惘的我、深思的我、沸腾的我；

那就从我的血肉之躯上

去取得

你的富饶、你的荣光、你的自由；

——祖国啊，

我亲爱的祖国！

献给我的同代人

他们在天上
愿为一颗星
他们在地上
愿为一盏灯
不怕显得多么渺小
只要尽其可能

唯因不被承认
才格外勇敢真诚
即使像眼泪一样跌碎
敏感的大地
处处仍有
持久而悠远的回声

为开拓心灵的处女地
走入禁区，也许——
就在那里牺牲
留下歪歪斜斜的脚印
给后来者
签署通行证

1980年4月

  舒婷（1952—），原名龚佩瑜，福建晋江人。中国当代女诗人，朦胧诗派的代表人物。

于坚
我爱的中国

壬午秋咏长江

永恒的尊者　开天辟地

聚华族于亚细亚之腹

流动在大地上的敦煌

你的领导比诸神更久远

真理的高原　上善若水

道法自然　文明止于至善

圣庄子的风呵　圣屈原的发呵

圣李白的月呵　圣杜甫的岸呵

百姓顺水推舟　立命安身

君子随流赋形　明心见性

帝王们的镜子

曹孟德北窥青丝

李后主南顾寒齿

储备于伟岸昆仑

起源于涓涓细溪

在上游你率领骏马雄师

大道东传　冲破千岩万壑

登高壮观天地间

大江茫茫去不还

在中游你是大地母亲

肥荡的盛唐　群峰低垂曹衣来拜

在下游你牺牲　取下王冠

从容走向黑暗　成就秋天

成就杏花春雨江南

成就领袖天子也成就草根

成就英雄的内涵　浪子的醉舟

成就鼎也成就土碗　茶壶

四海之内　只有你是准绳

你的波纹无法拆迁　青花瓷上

那虚无的神韵　终极之美

永不改朝换代　大神

我生来就是你的祭酒

感激你　成就我的今世今生

你是深埋在我静脉中的酒窖

你是我语词的偏旁中永远抽不掉的三点水

微躯三尺　大河赋予我浩然　大块假我以文章

君不见　诗人自古出两岸

君不见　凌霄一赋红满江

君不见　大坝一座座倒塌　故垒西边

轻舟已过万重山　伟绩丰功

只留下最后一船　载着

唐之诗　宋之词

年轻的一天　我乘长风穿过三峡

飞流直下三千　跟着你涌向中原

星垂平野阔　被高山大岭锁着的心从此打开

少年受教于书面　青年受教于天地之间

大师　你的教诲　我能否觉悟于独立寒秋的晚年？

哦　不朽的中流停在时代的急湍下

一次次逃向你　洗去我的肮脏　戾气　浮腥

在汉口工业区的下水道口　我跪下去饮你的苦胆

码头上热火朝天　你冰凉如雪

强暴的夏天一场场在你的冷库中失败

哦　那些黑屁股的苦力呵　拖走了巨轮新帆

不朽的底　你教导我信任　教导我中正

教导我逆来顺受　教导我谦卑　沉积于深

教导我敬畏神明　教导我天长地久

太初有道　天何言哉！

你教导我宽容劫波　以液体的磨床

铜墙铁壁　你主张水滴石穿

暴戾不仅肆虐于我这一代人的黑键盘

也是颜真卿的墨条　苏轼的镇纸　也是

皇帝赐给李白的重金　逝者如斯

光明不仅在将来　也来自扬子鳄的古蹼

来自半江渔火　两行秋雁　一枕清霜

仰天大笑出门去　开窗放入大长江

明月东升　鱼跃夔门　故国神游

人还在　乡已非　大江东去

多情应笑我　华发早生

世界苍茫　长江　你的暗流载着我走遍千山万水

我曾经在黎明穿过集市　不顾导游的劝告

跟着黑皮肤的雅利安人走向恒河

喝下那些漂着尸灰的圣水

我也曾在春天的傍晚

在富士山下的旅馆中体会樱花之伤

越过大漠我登上法老的陵墓　在金字塔深处

与那些陷入死亡的瞳孔对视

跟着伟大的恺撒　我去了罗马　但丁

你的天堂已经过时　你的地狱在装修

华灯初上　捧着艾略特的咖啡

我端详过金融的伦敦　在巴黎

跟着香客朝拜圣母院　主啊

为了维持不朽　牧师们将塑胶填进你的胸部

当落日收复了纽约的帝国大厦　股市关门

拜物者一个个钻进车厢驶向郊外的玻璃之暮

我步行向后　回到希腊人倒塌的大堂

深夜的星空下　地中海在消瘦

一尊尊大理石圆柱孤立在荒凉的山顶

奥林匹亚的狂欢无影无踪　　只剩下黯淡的火盆

我去过　　我看见　　我回来

提着一只空掉的酒瓶

世界弱水三千　　我只服你呵

大河长江　　我的水　　我的黄

我舌头上的文身　　我的祖国

我的圣经　　我的教堂　　我生命的大陆

我的灵魂永远裹着你纺织的灰布长衫

在水落石出的秋天　　我只想回到你的永流

随着那些素面朝天的江沙沉底

于坚（1954—），出生于昆明。"第三代诗歌"的代表性人物，曾获第四届鲁迅文学奖。

谒草堂

杨 炼

我爱的中国

三十年　从夏天这边走到那边

三十年　酝酿着秋色

一杯更浓的浊酒

移至我面前　倒映咽下的笑

栀子香仍在缝合裂开的薄暮

草堂像草船　听　我自己的水声

流过　却未流出

绿阴阴的深潭叹息的直径

我漫步的鼻息拂低竹叶

数着　落入死亡洁癖的我的疏雨

三十年前　孩子转身丢下漩涡

又是花径　又是蓬门

登上诗人各自绝命的船

刮疼此地一千三百岁的河底

轻如一根草　任凭狂风镂刻的

不拒绝贫病题赠的

结局　他推过的石磨

磨着炊烟

淡淡飘散　我的成熟

像一个国度　习惯了忧伤之美

2011年6月29日—7月15日

杨炼（1955—），出生于瑞士伯尔尼，当代著名诗人，六岁时回到北京，朦胧诗的代表人物之一。1988年被中国读者推选为"十大诗人"之一，同年在北京与芒克、多多等创立"幸存者诗歌俱乐部"。

我在一颗石榴里看见了我的祖国

杨　克

我爱的中国

我在一颗石榴里看见我的祖国
硕大而饱满的天地之果
它怀抱着亲密无间的子民
裸露的肌肤护着水晶的心
亿万儿女手牵着手
在枝头上酸酸甜甜微笑
多汁的秋天啊是临盆的孕妇
我想记住十月的每一扇窗户

我抚摸石榴内部微黄色的果膜
就是在抚摸我新鲜的祖国
我看见相邻的一个个省份
向阳的东部靠着背阴的西部
我看见头戴花冠的高原女儿
每一个的脸蛋儿都红扑扑
穿石榴裙的姐妹啊亭亭玉立
石榴花的嘴唇凝红欲滴

我还看见石榴的一道裂口
那些风餐露宿的兄弟
我至亲至爱的好兄弟啊
他们土黄色的坚硬背脊
忍受着龟裂土地的艰辛

每一根青筋都代表他们的苦
我发现他们的手掌非常耐看
我发现手掌的沟壑是无声的叫喊

痛楚喊醒了大片的叶子
它们沿着春风的诱惑疯长
主干以及许多枝干接受了感召
枝干又分蘖纵横交错的枝条
枝条上神采飞扬的花团锦簇
那雨水泼不灭它们的火焰
一朵一朵呀既重又轻
花蕾的风铃摇醒了黎明

太阳这头金毛雄狮还没有老
它已跳上树枝开始了舞蹈
我伫立在辉煌的梦想里
凝视每一棵朝向天空的石榴树
如同一个公民谦卑地弯腰
掏出一颗拳拳的心
丰韵的身子挂着满树的微笑

杨克（1957—），广西人，当代著名诗人，中国"第三代实力派诗人"，"民间写作"代表诗人之一。现任广东省作家协会副主席。

骑　手

疯狂地
旋转后
他下了马
在一块岩石旁躺下

头上是太阳
云朵离得远远

他睡着了
是的，他真的睡着了
身下的土地也因为他
而充满了睡意

然而就在这样的时候
他的血管里
响着的却依然是马蹄的声音

吉狄马加（1961—），彝族，四川凉山人。现任第十三届全国人大常委会委员，中国作家协会党组成员、书记处书记、副主席。

国风
我爱的中国

我眷恋这块土地

我眷恋这块土地
眷恋这块生我养我的土地
眷恋长江奔腾不息的波涛
眷恋黄河一泻千里的气势
眷恋这块土地上
生生不息的野草
眷恋这块土地上
云团滚滚的羊群
我眷念这块土地
眷恋这块浸透着祖先汗水的土地
眷恋她身上的累累伤痕
眷恋那斑斑殷红的血迹——
眷恋这块土地上父辈的眼泪
眷恋这块土地上亲人的挚爱
我眷念这块土地
眷恋这块给我力量的土地
眷恋河流湖泊和高山
眷恋草原沙漠和良田
即使蓝天做纸大海做墨也写不尽我眷恋的情怀
即使蓝天做纸大海做墨也写不尽我眷恋的情怀

国风（1963—），原名田学斌。甘肃会宁人。中国作家协会会员。

我有一个强大的祖国

叶 浪

我爱的中国

那是一张熟悉的脸
是我痛失亲人后看到的最真切的笑脸
眼里闪着泪花
话里充满着力量
那一刻
我感到自己有一个强大的祖国

那是一张陌生的脸
是我埋在瓦砾下看见的最勇敢的脸
撬开了残垣
搬走了巨石
那一刻
我感到自己有一个强大的祖国

那是一张美丽的脸
是我躺在病床上看见的天使的脸
包扎我的创伤
驱走我的恐惧
那一刻
我感到自己有一个强大的祖国

那是一张慈祥的脸

是我奔离教室前看过的最镇静的脸

为了自己的学生

成就了自己的永恒

那一刻

我感到自己有一个强大的祖国

那是一张年轻的脸

是我在排队长列里看到的最急切的脸

为了灾区的伤员

献出了自己的殷殷鲜血

那一刻

我感到自己有一个强大的祖国

那是一张忙碌的脸

是我在救灾一线上看到的最疲惫的脸

眼里布满血丝

来不及顾及自己的家人

那一刻

我感到自己有一个强大的祖国

那是世上最可爱的脸

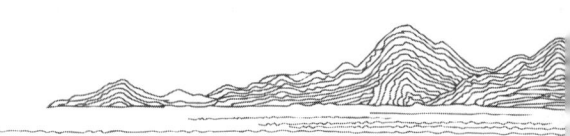

是家乡地震后不曾面见过的男男女女的脸

虽远在他乡海外

温暖的目光却紧紧地落在了我的身上

那一刻

我感到自己有一个强大的祖国

地动天不塌

大灾有大爱

那一刻

我感到自己有一个强大的祖国

叶浪（1963—），笔名少城子，成都人。曾在四川省阿坝藏族羌族自治州交通监理处（汶川县）等地工作，现任成都市委宣传部巡视员。

简 宁
我爱的中国

小平，您好

今天我看到我的形象

也站在天安门城楼上

同您一起

检阅着祖国年轻壮丽的姿容

假如我能代表人民

（我是说假如，实际上

我只是个普通的中国学生

也是一个憨厚得像一头牛的

老农民的孙子）

我要喊你亲爱的孩子

（原谅我

我已经不再习惯

把所有站在高处的人

都称为父亲）

也的的确确

没有一点逼人的威风

你站在那儿

像个亲爱的孩子

彩色的人群在大街上壮阔地流过

你激动吗

你微笑着看着彩色的人群

亲切得几乎有几分天真

天真的孩子

就那样有力地伸出手臂

改革

像轻轻摘来一朵雏菊

缀插在祖国有些苍老的浓密头发上

顿时青春的血液

又在她的身体里涌流

今天她年轻地娇娆地走过你的面前

你像个孩子看着母亲那样

露出骄傲甚至娇憨的笑容

真想这么对你说

但是我一个人

不能代表人民

而且您是个老人

我年轻得几乎可以做您的孙子

走在人群里我只能恭恭敬敬地

举起我的致意

小平您好

您好——小平——

小平

中国的老百姓都这么喊你

就像呼唤着自己孩子亲切的乳名

1984年10月1日

简宁（1963—），原名叶流传。安徽潜山人。历任空军第十三飞行学院教师，《解放军文艺》编辑部特约编辑，《空军报》特约记者，空军政治部创作室专业作家。

仰望国徽

王克金

我爱的中国

当一条宽大的河流旁边，深刻地
波动着大地的远景
那无限的风吹动着的热烈的金黄
就是人民勤劳的双手所种植的阳光

仰望你，国徽！
我看到了母亲黄河养育的民族
看到了整个国土上的麦穗
和魂牵梦绕的耕作

我看到了黄土高原的觉醒
那日夜转动，永远前进的齿轮
那一个浓缩的齿轮所表达的
对大机器的渴盼

千百年，饥饿、贫穷、温饱、丰裕
在无始无终的农业中折射
一个民族的思想和命运相互交织
在滚滚向前的波涛上翻腾

仰望你，国徽！一枚齿轮
代表了一个民族再度强盛的愿望
阐释了对农业文明弱点的深刻认知
我听到无数脚步，无数车轮
在丘陵起伏的大道上轰响……

在崇高的国徽上，我看着
光芒四射的天安门
耳边永远回荡着
一位诞生在韶山冲的伟人
向全世界的宣告

我看到了一个冉冉上升的东方
看到了众人期盼的光明
看到了豁然开朗的大地和海洋

热爱劳动的人们，星星
正象征你们，在国徽上发光
我看到，大江南北田地中的身影

我听到劳动变成一支歌谣
擦着棉絮般的薄云

在永恒的家园和森林之上

飘扬，越过群鸟的翅膀

王克金（1961—），河北省廊坊市人。回族。诗人、诗评家，廊坊市文联诗歌艺委会副主任。

阎月君
我爱的中国

月的中国

江天一色无纤尘，

皎皎空中孤月轮。

江畔何人初见月？

江月何年初照人？

——张若虚《春江花月夜》

从未曾去过也不曾有来

所谓的日子播种在窗外

唯一的裤子精心洗了又晒

年年盼年

年年吃去春的野菜

年年把月放在江里

年年用《九歌》的魂把她嫁娶

我们喝江中的水

喝她永不枯竭的隐秘

并得知祖先曾喝过她的水被她吮干过

我们是她心甘情愿的鱼儿

争宠吃醋受苦于她的河

我们恋着的双腿永是成不了佛了

我们在春天只痴心于一种花

说不尽勿忘我　勿忘我的悄悄话

我们把这花儿一路栽种下去

便再也走不出　走不出这块土地

对酒当歌　歌山光也歌水色

拍遍栏杆　摸红叶的台阶

长空浩瀚啊　银河是一条流向何处的河

夕阳西下　伊人断肠在天涯

瘦马瘦马哟　犹自吻落花

在东方朗碧的天空下

有清泪千年蜿蜒为芬芳

一行黄河　一行长江

寒蝉凄切　何人独对长亭晚凉

落红飞花　荷锄怅惘的是哪一家的姑娘

基督基督你永不会读懂

这神秘多情的东方之泪

更不必说　那凤毁于火亦生于火

那披发浪子当哭的长歌

我和庄生并不隔膜

有我的时候就有蝴蝶

有我的时候就有苏东坡的月色

月色总在有雾的江边等着

从前李白曾踏歌来过

那以后的屐声便夜夜从未断过

月啊月　你吮尽了中国

月啊月　你化作金灿灿的颜色

那金黄的颜色是龙的颜色

月啊月啊　你是中国

寒食夜　见河汉袅袅你浑圆将落

那满月之上装满了什么

有什么舞着且歌着

纵使欢乐盛满五千年也是沉甸甸的

更何况太多的苦痛与伤别

而我们仍把你当少女的唇吻着

当慈母的怀抱倾吐着

当圣洁的天使崇拜着

我们是心甘情愿的鱼儿

死去　活来　游弋于你的河

我们恋着的魂纵使飞天也成不了佛了

永是

一串串清泪啊

一声声中国

阎月君（1958—），出生于辽宁普兰店，毕业于辽宁大学中文系。主要诗集有《月的中国》《忧伤与造句》，编著有《朦胧诗选》等。

叶舟

我爱的中国

祖国在上

大地战栗。死亡封住了我们的嘴——

但是,请求一面泥墙

让我筑梁、架椽,用世上最鲜艳的涂料

写下所有父母和婴儿的笑;

请求一个和平的上午

让我带上牵牛花、藤萝和星星草

开始一天的祈祷;

请求一把蔬菜和口粮,滴着露水

祝福世上的好儿女

走在光明的路上;

请求一块黑板、几根粉笔

画出天使和孩子的眼睛

挂入天堂;

请求一座空空荡荡的山谷,让我

领着乌云、闪电和雷霆

熄灭一切的怒火;

请求这个夏天,赐予一枚种子

时光回还

流火和丰收将再次破土;

请求一本书,我要蘸着天空的泪水

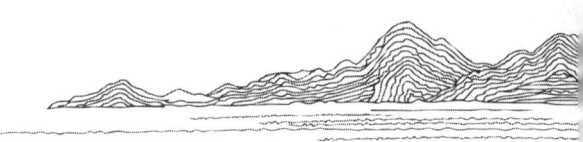

滴血的翅膀

抹去"灾难"这个辞藻；

我还要请求一只鸽子的心，带上

卑微的念想

说出和平与爱人的芳名；

是的，请求祖国在上

岁月静好

她每一次的阵痛，都是我难以割舍的心跳。

大地战栗。而死亡不过是一次试问——

我知道天裂，并不能擦去太阳

青铜的光辉

鹰是一句誓言

要驰越昨天的废墟；

我知道地坼，也不能抽取大地

凛冽的脊梁

一群梦中的学童，吃着饼干

跨进黎明的课堂；

我知道眼泪在飞

冰雪无迹，大海为盐

白发苍苍的二十四史中

哪一次，不是痛苦的蜕变？

我知道一行褪色的碑文

补天、理水、抟土、造字

一阕漫长的歌谣

有待传唱；

我还知道一盏无畏的灯笼，挂在

东方的屋檐

一个民族的慈航，其实是

一种恩养；

是的，我知道祖国在上

风吹草低的山冈

她每一次浴火的舞蹈

都是我引颈翘望的——凤凰。

叶舟（1966—），本名叶洲，甘肃兰州人，中国当代作家，甘肃省作家协会副主席。曾获得第六届鲁迅文学奖短篇小说奖。

精彩内容音频
（扫码即可欣赏）

《黄山松》

朗诵：王祥蕴

《为祖国而歌》

朗诵：王祥蕴

《最后一分钟》

朗诵：王祥蕴

《中华，中华》

朗诵：王祥蕴

《时间开始了》

朗诵：王祥蕴

《中国》

朗诵：王祥蕴

《祖国呵，我亲爱的祖国》

朗诵：王祥蕴

《献给我的同代人》

朗诵：王祥蕴

《纪念碑》

朗诵：王祥蕴

《回延安》

朗诵：王祥蕴

《回答》

朗诵：王祥蕴

《我的中国》

朗诵：王祥蕴

《我是共产党员，我没有忘记》

朗诵：王祥蕴

《祖国，我是永远属于你的》

朗诵：王祥蕴

《我在一颗石榴里看见了我的祖国》 朗诵：王祥蕴	《周总理，你在哪里》 朗诵：万骐辅
《壬午秋咏长江》 朗诵：孙选博	《你，浪花里最清的一滴》 朗诵：万骐辅
《祖国啊，祖国》 朗诵：孙选博	《望星空》 朗诵：万骐辅
《赞美》 朗诵：孙选博	《囚歌》 朗诵：万骐辅
《英雄碑颂》 朗诵：孙选博	《月的中国》 朗诵：万骐辅
《我是少年》 朗诵：孙铭君	《我眷恋这块土地》 朗诵：万骐辅
《赤潮曲》 朗诵：孙铭君	《我用残损的手掌》 朗诵：李莉
《又见长安》 朗诵：王群	《一句话》 朗诵：李莉
《我和祖国》 朗诵：王群	《我爱这土地》 朗诵：李莉

声 明

  为向共和国七十华诞献礼,我社特邀请著名诗人贺敬之为名誉顾问,编选了这部诗歌精选集。

  由于所选作品的作者分布地域过于广泛,加上发表年代不一,部分作者未及时获取意见,祈请见谅。所收录作品的作者或其亲属见到本书后,烦请来电、来函,以便我们奉上样书和稿酬。

  联系电话:024-23284390

  电子邮箱:307513985@qq.com

  联系人:韩喆

春风文艺出版社

《黄河人家》力群